U0003281

勇闖宇宙二部曲

太空尋寶之旅

露西‧霍金＆史蒂芬‧霍金——著

蓋瑞‧帕爾森——繪

張虹麗、顏誠廷——譯

獻給羅絲

最新的科學理論！

這本書的故事當中，有好幾篇世界頂尖科學家特別為本書讀者寫的文章，讓讀者對最新的理論有生動而確切的理解。這幾位舉足輕重的大科學家是：

序曲

「**起飛前倒數七分三十秒。撤回太空梭出入通道。**」聽到廣播後，坐在太空梭駕駛座的喬志機長吞了吞口水，調整了一下坐姿。期待的一刻終於要來了，現在已經沒有反悔的餘地。短短幾分鐘後，他將把地球拋在身後，飛向宇宙！時間滴答滴答地飛逝，相較之下，學校放學前的最後幾分鐘，簡直漫長得毫無止境。

太空梭出入通道是連接太空梭和外界的橋梁，一旦被移除，意味著裡頭的太空人已經失去離開的最後機會。移除太空梭出入通道是太空梭起飛前最後幾個階段之一，表示太空梭的艙門已經關起來了。不過，嚴格說起來，艙門不是被關上，而是被**封住**。因此，就算喬志使勁拍打艙門，要求要離開太空梭也是不可能的事了。艙門的另一邊連一個人也沒有，沒有人

會聽到喬志的哀求。沒有人可以在這個時刻離開太空梭，所有的太空人只能孤伶伶和這艘大太空梭一起待在發射臺上。太空梭起飛前的幾分鐘，除了等待倒數到零的那一刻，什麼事都不能做。

「**起飛前倒數六分十五秒。執行輔助動力裝置的啟動前置作業。**」輔助動力裝置由三個燃料電池發動，目的在於控制太空梭的發射和降落。雖然這三個燃料電池已經運轉好幾個小時了，但是一聽到這個指令，待命中的太空梭好像整個醒過來似的，馬上變得精神抖擻，蓄勢待發準備迎接即將到來的光榮時刻。

「**起飛前倒數五分。啟動輔助動力裝置。**」

只剩下五分鐘了，喬志緊張得不得了，心裡頭七上八下的。喬志最想要的就是再次橫越太空。如今，他的夢想成真了，他正和其他太空人坐在一艘貨真價實的太空梭上，太空梭停在發射臺上正準備要升空。喬志帶著忐忑不安的心情，

既興奮又害怕。如果出錯了要怎麼辦？喬志坐在正駕駛的座位上，表示他是機長，要全權負責整個太空梭的運作，而坐在喬志旁邊的飛行員是機長的副手。「所以，你們都是在星際旅行的太空人囉？」喬志用傻裡傻氣的口吻自言自語。

「機長先生，您說什麼？」喬志的耳機傳來一個詢問的聲音。

「喔，嗯⋯⋯」喬志幾乎忘了發射控制臺的工作人員可以聽到他嘴巴冒出來的每個字。「沒事，我只是很好奇如果我們碰上外星人，他們會對我們說什麼。」

發射控制臺的工作人員笑著回答：「到時候，可別忘了代我們向他們問好。」

「起飛前倒數三分三秒。準備啟動引擎。」

喬志想著引擎加速時發出的轟轟聲。三個引擎和兩個固體燃料火箭助推器是幫助太空梭在起飛頭幾秒加速用的。太空梭還沒完全飛出發射臺之前，速度已經是每小時一百英里，只要八分半鐘，速度馬上可以飆高到每小時一萬七千五百英里！

「起飛前倒數兩分。拉上太空頭盔面罩。」眼前多得令人眼花撩亂的開關，喬志一時手癢，想用手指頭去扳動幾個

開關，瞧瞧究竟會發生什麼事。可是他終究還是沒那個膽。

不過，等一下進入太空後，喬志就可以光明正大地操控機長座前方的操縱桿了，這個操縱桿不但可以用來控制太空梭，也能引導太空梭停泊在國際太空站。它就像汽車的方向盤，不過方向盤只能左右轉動，操縱桿可以往前後左右任何一個方向移動。喬志把一根手指頭放在操縱桿上，想體會一下摸起來的感覺，沒想到眼前的電子圖表竟然也跟著晃動。喬志連忙把手抽回來，假裝什麼事都沒發生。

「起飛前倒數五十五秒。鎖定固體燃料火箭助推器。」

那兩個固體燃料火箭助推器的功能在於，讓太空梭從發射臺離開後能一鼓作氣飛上天，直到離地球表面約二百三十英里的距離。火箭助推器沒有所謂的「開關」，火箭助推器一旦被點燃，太空梭就起飛了。

再見了，地球，我很快就會回來了。喬志心裡這麼說。一想到離開這個美麗的行星、朋友和家人，一陣感傷浮上心頭。再過不久，等到太空梭停靠在國際太空站之後，國際太空站將會在他們的頭頂上快速運行，每九十分鐘繞地球一圈，這時，喬志就可以從外太空看到各個大陸、海洋、沙漠、森林、湖泊的輪廓以及大都市的夜景。可是，如果是從地球往上看，老爸、老媽、艾瑞克、安妮和蘇珊看到的喬志將只會是一個小亮點，快速地劃過夜空。

「起飛前倒數三十一秒。地面發射順序機準備進入自動程序。」

太空梭的座艙出乎意料地狹小擁擠，連坐上機長座也必須經過一番折騰，多虧一位太空工程師的幫忙，喬志才能順利爬進他的機長座。此時此刻，其他的太空人也在座位上稍稍挪動身子，為這趟漫長的旅程調整出最舒服的坐姿。太空梭已經直立起來，準備要發射升空，座艙內的所有東西連同

　　地板都旋轉了九十度。機長座整個垂直往後倒，喬志的腳直直指向太空梭前方，背脊則是和地面平行。

　　太空梭正處於火箭模式，蓄勢待發，準備一口氣垂直衝上天，穿越雲層和大氣層，直闖宇宙。

「起飛前倒數十六秒。啟動聲音抑制水。起飛前倒數十五秒。」

「已經倒數十五秒了，喬志機長。不到十五秒，太空梭就要發射了。」喬志身旁的飛行員興高采烈地說，與那冰冷的指令聲形成強烈對比。

「萬歲！」喬志嘴巴高聲歡呼，心裡頭想的其實是「慘了」這兩個字。

「我也覺得很棒，機長先生。」發射控制臺的工作人員回答：「祝您旅途愉快。」

喬志帶著既緊張又興奮的心情，期待這個關鍵的時刻。他每呼吸一次，就更接近太空梭發射的時間。

「起飛前倒數十秒。點燃氫氣燃燒系統。地面發射順序機準備啟動主要引擎。」

就是這一刻！夢寐以求的時刻終於到來了！

往窗外一望，喬志可以看到一片綠色的草坪，草坪上方的藍天有一群鳥兒盤旋飛翔。平躺在椅背上的喬志告訴自己，要冷靜，事情都在掌控中。

「起飛前倒數六秒。啟動主要引擎。」雖然太空梭還沒正式啟動，可是當三個主要引擎一啟動，喬志馬上感覺到強

烈的震動。

「太空梭即將發射。起飛前五秒。倒數開始，五、四、三、二、一。準備發射。」喬志的耳機傳來發射控制臺工作人員的指示。

「收到。」喬志的聲音聽起來很冷靜，事實上，他幾乎快尖叫出來。「發射。」

「起飛前倒數零秒。點燃固體燃料火箭助推器。」

震動愈來愈強烈。當座艙下方的火箭輔助推進器點燃時，喬志和其他太空人都覺得背後好像被人用力踹一樣。轟隆一聲，火箭助推器打破了周遭的寂靜，把太空梭推離發射臺，直衝天際。若非身歷其境，喬志實在很難體會太空梭發射的感覺，頂多也只能想像自己是被綁在一個超大型的火箭炮上，被射出地球。現在，太空梭已經發射了，接下來什麼事都有可能發生——太空梭可能會爆炸、可能會偏離航道而墜毀在地球上、或者是失控而在外太空旋轉……對於這些狀況，喬志可是一點辦法也沒有。

從窗戶往外看，喬志看到太空梭被地球藍色的大氣層包圍住了，但是卻無法望見地球，因為喬志正在離開他的家

園。發射之後幾秒，太空梭來個大翻身，就在橘色燃料箱的正下方，全體太空人呈現倒掛狀態，頭朝下，腳朝天。

「我的媽呀！」喬志無助地大叫：「太空梭翻船了！上下方向相反了！救命啊！救命啊！」

「機長先生，您不要緊張。」副駕駛安慰喬志：「這是正常的飛行模式。」

發射後兩分鐘，太空梭一陣猛烈震動。

「又怎麼了？」喬志驚叫。

喬志往窗外一探，兩個火箭助推器先後脫離太空梭，以圓弧形的曲線飛離。

少了火箭助推器，周遭頓時陷入一片寂靜，太空梭內安靜無聲。喬志這時再也不覺得自己是被塞入座位內，他現在反而覺得輕飄飄的，一點重量也沒有！正當他開心地想要大喊大叫時，太空梭又來了一次大翻身；現在太空梭就正常位置，不再位於橘色燃料箱下方，而是上方。

太空梭發射後的這八分半鐘過得很快，轉眼即逝，可是

喬志卻覺得這八分半鐘彷彿有一個世紀這麼漫長。三個主要引擎熄火了，外部燃料箱也脫離太空梭。

副駕駛小聲地對喬志說：「您看！」喬志往窗外一看，巨大的橘色燃料箱在大氣層燃燒，消失得無影無蹤。

太空梭穿越了地球的天際線，駛向外太空，四周的顏色也由藍色轉成黑色，把遠方的星星襯得更加明亮。太空梭愈飛愈高，再過不久就將到達軌道最高點。

「系統一切正常。」副駕駛檢查了儀表版上所有的閃示燈後說：「前往預定軌道。機長先生，您會帶領我們進入軌道嗎？」

「當然。」喬志自信滿滿地回答，接著對位於美國德州休士頓（在太空旅行的歷史裡，休士頓是個無人不知、無人

不曉的地點）的任務管制中心說：「休士頓，我們準備進入軌道。休士頓，你可以聽到我說話嗎？我這邊是**亞特藍提斯**，我們準備進入軌道。」

一片漆黑中，窗外的星星突然變得非常閃亮，而且近在咫尺。有一顆星星正往喬志這邊迎面靠來，耀眼的光芒直接照在喬志的臉上，這麼近的強光，刺眼地——

喬志猛然驚醒，發現自己處在一個陌生的房間，有人正拿著手電筒往他的臉上照。

「喬志！」有一個聲音小聲地說：「喬志，起床了！情況不妙了！」

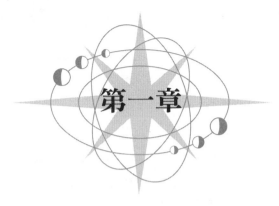

第一章

　　到底該裝扮成什麼模樣去參加艾瑞克舉辦的「變裝派對」，可真叫喬志傷透腦筋。儘管隔壁鄰居那位科學家艾瑞克‧貝禮司是這麼告訴喬志的：選個自己最喜歡的外太空物體，扮成那個樣子就行了。聽起來簡單，問題是外太空有許許多多的物體都叫喬志著迷，要萬中選一，挑出自己最愛不釋手的，還真不容易。

　　喬志該把自己打扮成土星，在肚子圍個土星環嗎？

　　或許他應該打扮成冥王星，那個因為引力不夠大，而從九大行星上除名的冥王星？

　　裝扮成宇宙最黑暗、力量最強大的黑洞怎麼樣呢？算了算了，巨大的黑洞的確讓人覺得驚奇且著迷，可是，黑洞一點都稱不上是喬志最喜歡的外太空物體。凡是太靠近黑洞的物體——包括光線，都會被黑洞活生生吞下去。這麼一個威脅性十足的物體，實在沒辦法討喬志歡心。

　　到最後，一張由火星探測車拍到的照片給了喬志靈感，幫他做出決定。當時，喬志和老爸正在網路上瀏覽太陽系的照片，那張探勘火星表面的照片看起來很像有一個人站在這顆紅色的行星上。一看到那張照片，喬志馬上知道自己要裝扮成火星人，參加艾瑞克舉辦的派對。連喬志的老爸特倫斯看到那張照片也覺得很興奮。當然囉，父子倆都很清楚，照片上的人影並不是火星人，只是因為光線的緣故，露出地面的岩層看起來像個人影。不過，光是想像人類並非宇宙唯一的生物還是讓喬志老爸窮開心個老半天。

　　「老爸，你覺得到底有沒有外星人？」喬志一邊盯著照片一邊問：「像是火星人或其他來自遙遠星系的外星生物？如果他們真的存在的話，你覺得他們會不會過來看我們？」

　　「如果他們真的存在，我想他們一定會打量我們，納悶

人類究竟是什麼生物，搞不懂為什麼我們可以把一個這麼美、這麼棒的行星，搞得亂七八糟？他們一定覺得人類愚蠢透了。」喬志老爸搖著頭感嘆。

喬志的父母都是環保鬥士，致力於拯救地球。為了落實他們的環保理念，他們在家裡不使用電話和電腦之類的電子產品。然而，當喬志贏得學校科學競賽第一名，獲得一臺電腦後，老爸老媽也不忍心禁止他使用這臺電腦。

自從家裡多了電腦後，喬志不但讓老爸老媽見識到電腦的好處，還用電腦幫他們設計了一個很酷的廣告海報，讓老爸老媽以及他們環保團體的伙伴可以善用這個虛擬廣告，利用電子郵件把他們的理念宣揚到世界各地。喬志自己相當滿意這個海報作品。廣告海報以一個很大的金星照片為主題，用粗大的字體寫著：「**你想住在這嗎？**」另外一段寫著：「**硫酸形成的雲朵，溫度高達攝氏四百七十度……乾涸的海洋、厚重的大氣層，連陽光都無法穿透——這就是金星，如果我們再繼續輕忽環境惡化的問題，地球可能成為下一個金星，而你，想住在這嗎？**」

金星

金星是離太陽第二近的行星，也是太陽系裡的第六大行星。

金星是天空裡除太陽和月亮之外最明亮的天體。早在史前時代，人類就已經知道這顆以羅馬女神維納斯命名的星球。古希臘的天文學家曾將她誤認為兩顆星星，其中閃耀於清晨的稱為晨星（Phosphorus），意為帶來光明者；而出現在黃昏時的則稱為昏星（Hesperus）。後來希臘哲學家和數學家畢達哥拉斯才發現兩者其實是同一顆星星。

金星常被稱為地球的孿生子。她的大小、質量和組成都和地球類似。

但金星是個和地球非常不同的世界

金星有個很厚又有毒的大氣層，其主要成分是二氧化碳，堆滿了厚厚的硫酸雲。這些密實的雲層捕捉了大量的熱，把金星變成太陽系裡最炙熱的行星，她的表面溫度高達 470℃，足以把鉛熔化。其大氣壓是地球表面的 90 倍，這表示你站在金星表面時所受到的壓力，相當於你在地球的深海裡感受到的壓力。

這些密實的雲不只會捕捉熱量，還會反射陽光，這就是為何金星在夜空裡如此明亮的原因。金星上可能一度擁有海洋，但是溫室效應蒸乾了行星上的所有水分。

有些科學家相信如果地球的暖化不受控制的話，有一天將會出現像金星上一樣不可收拾的溫室效應。

金星被認為是太陽系裡最不可能有生物存在的行星。

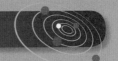

從 1962 年的水手 2 號（Mariner 2）以來，太空探測船已經造訪金星超過 20 次。有史以來第一次抵達其他行星表面的太空探測船是前蘇聯的金星 7 號（Venera 7），它在 1970 年時登陸金星。金星 9 號（Venera 9）曾經傳回金星表面的照片，但是它在這個嚴苛的星球表面只存活了 60 分鐘就被高熱所熔化。後來美國的軌道探測船麥哲倫號利用雷達傳回了以往被隱藏在其大氣厚重雲層下的金星表面細貌影像。

金星的自轉方向和地球相反。如果你可以從她厚重的雲層下看到太陽的話，將會發現太陽是從西邊升起從東邊落下。

金星上的一年比金星上的一天還要短！金星自轉一周所花的時間比她繞著太陽轉上一圈的時間還長。

金星上的一天
＝地球上的 243 天

金星上的一年相當於地球上的 224.7 天。

每隔大約一世紀，金星會有兩次從地球和太陽之間通過，這種現象稱為金星凌日。金星凌日會成對發生，兩次之間相距八年。望遠鏡發明以來，我們在 1631 年和 1639 年，1761 年和 1769 年，以及 1874 年和 1882 年都觀察到金星凌日。最近的一次是在 2004 年 6 月 8 日，天文學家觀察到小黑點般的金星橫越過太陽，而下次金星凌日發生的時間將會是 2012 年 6 月 6 日。

金星自轉一周要花上地球上的 243 天。

根據喬志對金星的瞭解，又臭又熱的金星上沒有任何生物。既然如此，喬志也不打算打扮成金星人出現在艾瑞克的派對。在喬志老媽黛西的幫忙下，喬志穿著深橘色的絨球衣，戴著尖尖的高帽，一身「火星人」的行頭。老爸老媽晚上也有他們的活動，他們要幫環保團體的伙伴們準備聚會時的有機點心。喬志向老爸老媽道過再見，擠過後院圍牆上的裂縫，往艾瑞克家的後院邁進。說起圍牆上的那道裂縫，一切都是肥弟惹的禍。肥弟是奶奶送給喬志的禮物，是喬志的

寵物豬。有一次，肥弟從豬圈溜了出來，把後院的圍牆撞破了一個大洞，再從那個破洞由後門闖入艾瑞克家。追追追，一路跟著肥弟留下的豬蹄印，喬志因此認識剛搬入隔壁空屋不久的艾瑞克一家人；也因為艾瑞克的引導，喬志進而瞭解宇宙的奧祕，從此眼界大開。

艾瑞克向喬志介紹卡斯摩——一臺既神奇又聰明的電腦。卡斯摩可以畫出「宇宙之門」，讓艾瑞克和他的女兒安妮以及喬志自由進出宇宙任何一個已知的角落。

然而在某一次太空探險的時候，卡斯摩為了拯救艾瑞克而受了重傷，喬志也因此明白，太空並不是一個完全沒有危險的地方。

自從那次意外後，喬志再也沒有機會利用「宇宙之門」到太陽系旅行了。儘管喬志很想念卡斯摩，不過他還有艾瑞克和安妮，就算不能跟他們一起去太空冒險，他還是可以三不五時跑到隔壁去找他們。

喬志蹦蹦跳跳經過後院的小徑，一路來到艾瑞克家的後門。屋內燈火通明，談笑聲和音樂聲源源不絕。打開後門，喬志往廚房溜去。

喬志沒看到安妮、艾瑞克和安妮的媽咪蘇珊，倒是有一

群人在屋內隨性走動。一位客人立刻把一盤灑著銀色糖粉的鬆餅湊到他眼前，興高采烈地說：「來點隕石嚐嚐吧！喔，或許，我應該改口說——來點流星體吧！」

「喔……嗯……好吧……謝了。」喬志有點被嚇到，然後才接著說：「看起來很好吃的樣子。」順手拿了一塊鬆餅。

「你看，如果我這麼做，」眼前這位仁兄把鬆餅倒到地上，說：「那麼，我就可以說：『來點隕石嚐嚐看！』」因為這些鬆餅已經掉落在地表上；可是如果我把鬆餅拿給你，這些鬆餅就是懸在半空中，技術上而言，它們仍算是流星體。」這位來賓笑容滿面地看著喬志以及腳邊那堆鬆餅，然後繼續熱心解釋，「小伙子，你瞭解其中的差別了嗎？流星體是一團飛過空中的石塊，隕石是掉落在地球的一小片石頭。現在，我把鬆餅全扔到地上了，所以這些鬆餅可以稱為隕石。」

手裡拿著鬆餅，喬志禮貌地微笑、點頭回應，但開始慢慢往後退。

「唉呦喂！」被喬志踩到腳的人痛得忍不住哇哇大叫。

「對不起！」喬志道了歉，連忙轉身。

「沒關係，是我啦！」穿著整身烏漆抹黑的安妮說：「啊哈，你看不到我，因為我是隱形的！」安妮搶過喬志手上的鬆餅，以迅雷不及掩耳的速度塞進嘴巴。「只有當你看到我對周遭物體產生的影響，你才會知道我的存在。來吧，猜猜看我是什麼東西？」

「當然是黑洞了！妳這個貪吃鬼，所有靠近你的物體都被妳吞到肚子裡去了。」

「才不是咧！」安妮得意洋洋地繼續說：「我就知道你會猜這個答案，不過，你猜錯了！我是──」安妮一臉得意地說：「暗物質。」

「那是什麼？」

「沒有人知道，」安妮故弄玄虛地回答：「沒有人親眼看到暗物質，可是如果沒有它，銀河就會變得支離破碎。你呢？你打扮成什麼來著？」

「嗯，該怎麼說，我是那個來自火星的人，你知道的，那些火星偵測器拍的照片。」

「喔，是呦，你可以當我的火星祖先。超炫的。」

　　派對上人聲鼎沸，一群群奇裝異服的大人一邊扯著嗓門聊天，一邊吃吃喝喝。有人扮成一臺微波爐、有人穿得像火箭、有人身上戴的徽章很像爆炸的星星、有人頭上戴著衛星信號接受器、有位科學家穿著亮綠色的服裝在派對裡跳來跳去，一直嚷著「帶我去見你們的領袖」、有人吹著大氣球，上面寫著「宇宙正在膨脹」、有個紅衣男，一下子靠近人群，一下子又遠離人群，要和別人打賭，猜他的來頭、有人身上掛著許多大大小小的呼拉圈，呼拉圈上黏著大小不同的球體，這位科學家每走一步，身上的呼拉圈就跟著轉。

　　「安妮，」喬志迫不及待地問：「我認不出這些人的打扮。他們究竟是什麼東西啊？」

　　「嗯，這樣說吧，如果你知道怎樣去看，你就會發現他們全部都是可以在天上找到或看到的。」

　　「比如說？」

　　「那個穿紅色衣服的人，他不斷遠離人群，表示他是紅位移。」

　　「那是什麼東西？」

　　「如果宇宙中有一個像銀河一樣但是非常遙遠的星系不斷遠離你，這個星系的顏色會比其他星系的顏色來得紅。因

什麼是光？光如何穿過宇宙？

電磁場是宇宙裡最重要的要素之一。電磁場無所不在，它不只把原子綁在一起，還可以藉由原子裡的微小部分（稱為電子）與其它原子結合或是產生電流。我們周遭的世界就是由電磁場把數量龐大的原子聚在一起所形成的；即使是生物，例如人類，也都因此而得以生存和運作。

電子的振動會在電磁場裡頭產生波——像你用手指在浴缸裡攪動會產生漣漪一樣。這些波就稱為電磁波，由於電磁場無所不在，所以電磁波可以在宇宙中傳遞非常遠的距離，直到它碰到其它可將其能量吸收的電子為止。電磁波有許多類型，其中有些會影響人類的眼睛，這就是色彩豐富的可見光。其他的電磁波包括無線電波、微波、紅外光、紫外光、X光和伽瑪射線等。由於電子總是在振動（因為原子也不斷在振動），所以物體會不斷產生電磁波。在室溫下，這些電磁波主要是紅外光，但是在高熱物體上的振動更為激烈，就會產生可見光。

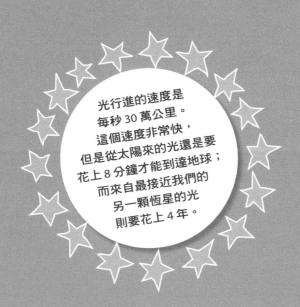

光行進的速度是
每秒 30 萬公里。
這個速度非常快，
但是從太陽來的光還是要
花上 8 分鐘才能到達地球；
而來自最接近我們的
另一顆恆星的光
則要花上 4 年。

太空中的高熱物體，例如恆星，就會產生可見光，這些可見光在碰上其他東西前會旅行一段非常遠的距離。當我們看著一顆星星時，它所發出的光可能已經在宇宙中靜靜旅行了幾百年。這些光進到你的眼睛，使得視網膜裡的電子振動，產生電流傳送到大腦裡的視神經，然後你的大腦就會告訴你：「我看到了一顆星星！」如果星星的距離很遙遠，你可能需要一臺天文望遠鏡來幫你的眼睛收集到足夠的光；受光而振動的電子也可以用來產生一張照片或是傳送一個訊息給電腦。

宇宙正在不斷擴張，就像是個愈吹愈大的氣球。這表示遠方的星星和星系都正在離地球遠去。宇宙的擴張會拉伸朝向地球而來的光，當光旅行的距離愈長，它被拉伸的程度就愈大。這種拉伸會讓可見光看起來偏紅，也就是所謂的紅移現象。如果光旅行夠遠且紅移夠大，就會成為不可見的紅外光或是微波（如同我們在微波爐中所使用的電磁波）。這就是大霹靂時所產生的無比強烈的光現在的模樣——在旅行了 130 億年以後，如今我們可以偵測到來自太空每個角落的微波。這就是宇宙微波背景輻射，也就是大霹靂後閃耀的餘暉。

為那個人是穿紅色的衣服，而且他不斷**遠離**人群，根據這兩點，所以我猜他是紅位移。其他人就是宇宙裡各種你知道的東西，比如微波和遙遠的行星。」

安妮以理所當然的口吻向喬志解釋剛才那些天文知識，好像在派對上侃侃而談說出宇宙的奧祕是件再正常不過的事。喬志看在眼裡，不禁冒出一絲絲嫉妒。喬志很喜歡科學，他希望自己長大以後可以成為一位科學家，知道所有的科學知識，如果可以的話，或許能夠有令人驚奇的發現。因此，他花很多心力看書，上網看資料，纏著艾瑞克問問題。相反地，安妮對科學就顯得相當隨性。

喬志第一次碰到安妮時，她說她要成為一位芭蕾舞者。如今，安妮改變心意了，立志要成為一位足球員。放學後，她再也不穿粉紅和白色相間的芭蕾舞短裙，而是在後院橫衝直撞，使盡力氣把球往喬志的方向丟過來；可憐的喬志，只有乖乖當守門員的份。儘管如此，安妮懂的科學知識似乎還是比喬志多許多。

艾瑞克跟平常一樣，穿著平常的打扮走了進來。

「艾瑞克，你打扮的是什麼呢？」喬志劈頭問。

「我嗎？我是宇宙裡唯一有智力的生命體。」艾瑞克謙

虛地回答。

「什麼？你說，你是全宇宙裡唯一的聰明人？」

艾瑞克笑著回答：「這句話千萬別在這邊大聲說，」手指著周遭的科學家繼續說：「他們聽到會不開心的。我的意思是，我是以人類的裝扮出席這場派對。到目前為止，人類是宇宙裡唯一有智力的生物。」

「我明白了，可是你的朋友們呢？他們的裝扮是什麼？為什麼紅色的光表示正在遠離的物體？我真搞不懂。」

「別擔心，如果有人解釋給你聽，你就會明白。」艾瑞克溫和地安慰喬志。

「**你**可以解釋給我聽嗎？」喬志苦苦哀求：「宇宙所有的事？就像你跟我解釋黑洞一樣？你可以跟我說那個紅色的東西、什麼是暗物質，以及其他的嗎？」

「孩子，」艾瑞克帶著抱歉的語氣說：「我很樂意告訴你所有關於宇宙的奧祕，問題是，我不確定我是不是有時間，我待會兒要去……你等一下……」艾瑞克望著遠方，聲音逐漸變小，一臉沉思的模樣，接著他拿下眼鏡，用上衣擦擦鏡

片，再歪歪斜斜地把眼鏡架回鼻梁上。「我知道了！」艾瑞克興奮地大叫：「我知道我們要怎麼做！喬志，你等一下，我想到一個聰明的辦法了。」

艾瑞克拿起一個軟槌頭，往一個大銅鑼敲下去，發出一陣低沉的嗡嗡聲。

「各位，麻煩你們過來，」艾瑞克揮揮手，邀在場的來賓紛紛走進房間。「快快快！我有事情要宣布。」

艾瑞克這番話在人群裡引起騷動。

「首先，我要感謝大家出席科學家協會舉辦的派對──」

「好！」人群後方有人歡呼。

「我希望各位能幫我朋友喬志一個忙。這位好學的年輕人問了我一些天文學的問題，他很想知道這些問題的答案！我們何不從你們身上穿的服裝開始呢？你可以跟喬志介紹你這身打扮嗎？」艾瑞克指著身上掛著呼拉圈的男人。

「我這身打扮是一個遙遠的行星系統，在那裡我們可能可以找到另一個地球。」眼前這位科學家搶先發言，興致勃勃地解釋他的用意。

「安妮，那不就是瑞普老師做的事嗎？尋找新的行星？」喬志小聲地問。

　　瑞普老師是艾瑞克以前的同事,他想利用科學圖利自己,滿足自己的私欲。他宣稱他找到一個可以讓人類生存的系外行星——也就是繞著太陽以外的其他恆星運轉的行星。他設下這個陷阱,引誘艾瑞克去尋找這個系外行星,害艾瑞克差點葬身黑洞。瑞普老師一心一意想要除掉艾瑞克,以便掌控卡斯摩這臺威力無窮的電腦。幸好,瑞普老師的計謀沒有達成,艾瑞克有驚無險地從黑洞逃生。

　　瑞普老師的奸計失敗後,不知道逃到哪去了,沒有人知

道他的下落。喬志要求艾瑞克給瑞普一點教訓，可是，艾瑞克一點都不打算這麼做。

「瑞普老師知道怎麼**找**行星，」安妮說：「可是我們不知道他究竟有沒有找到。畢竟，在他寫給爹地的信裡提到的那顆行星，我們從來沒有機會去瞧瞧它是不是真的存在。」。

「山姆，謝謝你的解釋。至目前為止，你找到多少行星？」艾瑞克問那個呼拉圈男人。

「目前，」山姆一邊抖動身上的呼拉圈，一邊回答：「三百三十一個系外行星，其中有超過一百個所環繞的恆星就在太陽系附近。有些恆星周圍不只一個行星在運轉。」山姆轉著呼拉圈，繼續解釋：「現在，我是一個有行星環繞著運轉的臨近行星系統。」

「安妮，他說的『附近』是什麼意思？」喬志小聲問安妮，安妮再轉頭問艾瑞克，艾瑞克小聲向安妮解釋後，安妮再把話傳回給喬志。

「他指的也許是四十光年，但換算過來是兩百三十五兆英里。」安妮回答。

「有任何像地球一樣的行星嗎？一個我們能居住的地方？」艾瑞克問呼拉圈男人。

「我們是看到幾個可能性——只是有可能，尚未確實，我們仍在尋找另一個像地球的新行星。」呼拉圈男人回答。

「謝謝你，山姆。現在，我希望大家能幫忙回答喬志的問題。」艾瑞克遞出紙筆，傳給在座的人。「在場的各位，麻煩寫下一兩頁在科學專業的領域裡，你覺得最有趣的事，在派對結束前交給我。如果你今天沒辦法給我，也可以晚一點把答案用信件或電子郵件寄給我。」

在場的科學家顯得非常開心。能有機會談論自己的專業，這些科學家表現得**相當樂意**。

「對了，」艾瑞克很快地補充：「在我們繼續今天的派對之前，我有一件事要宣布——不過，這次是有關我個人的。我很榮幸跟大家分享一個好消息——我拿到『全球太空局』的聘書了！全球太空局給我一個職務，負責尋找太陽系的生命跡象，任務將會從火星開始！」

「哇！真是帥呆了！」喬志轉身要恭喜安妮，可是安妮卻不敢看他。

「所以，」艾瑞克接著說：「再過幾天，我們一家人將搬到全球太空局的美國總部！」

這個晴天霹靂的消息，頓時把喬志的世界炸個粉碎。

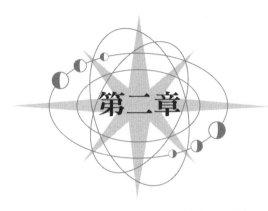

第二章

　　喬志萬般不願地看著艾瑞克一家人忙著打包，準備離開。儘管如此，喬志還是牢牢把握任何能和他們相處的機會。日復一日，喬志常常往隔壁鄰居家跑，眼看不到幾天的時間，艾瑞克的房子已經變得空空蕩蕩，房子裡的物品一一被放進大紙箱內，一箱箱貼著「全球太空局」標籤的紙箱逐一被裝上一臺臺到來的貨車。

「好興奮喔！」安妮不斷歡呼：「耶！我們要去美國了！我們要變成電影明星了！我們會去吃大漢堡！我們會去紐約玩！我們會……」安妮吱吱喳喳訴說著新生活，幻想住在另一個國家的日子將會變得如何美好。有時候，喬志會試著暗示她，新生活或許不會像她想的那麼精采，可是安妮實在是太專注於她的美國夢了，完全把喬志的話當耳邊風。

艾瑞克和蘇珊則盡力掩飾對搬家的期待，避免傷害喬志幼小的心靈，即使如此，一切還是逃不過喬志的眼睛。有一天，當房子變得幾乎只剩下一個空殼時，喬志在艾瑞克的書

房，幫忙艾瑞克把貴重的科學器材用舊報紙包好，小心翼翼地放入大箱子裡。

「你會回來看我的，是吧？」喬志懇求道。牆壁上的畫全拆下來了，書架上原本塞滿書，現在也變得空空如也。房子變得冷清、淒涼，就像他們當初剛搬來時一樣。

「看情況而定！」艾瑞克興高采烈地說：「也許下一趟任務是到外太空，我可能就留在太空，永遠不回來了。」一看到喬志失落的表情，艾瑞克連忙改口：「不，不，不，我不是那個意思。我不會不理你，會想辦法回地球來看你的。」

「可是，到時候你會再住在這裡嗎？住在你的房子裡嗎？」喬志打破沙鍋問到底，想知道更多細節。

「這棟房子不是我的。這只是個可以讓我使用卡斯摩，卻不會被發現的地方罷了。很不幸地，葛拉漢老早就在這裡等我上鉤了。」

「瑞普老師怎麼會知道你搬過來呢？」喬志一邊問，一邊把古老的望遠鏡打包起來。

「唉，我以為這個房子是個安全的藏身處，現在回想起來，我發現這個房子實在是太醒目了。」艾瑞克回答：「這棟房子是我們大學指導老師的。沒有人知道我們老師現在在

哪裡，這位數一數二的偉大科學家似乎就這麼消失了。可是，在他失蹤前，他寫了一封信給我，要我在這棟房子裡和卡斯摩一起工作，好好保護卡斯摩。唉⋯⋯可是到最後，我還是沒有盡到我的責任。」艾瑞克看起來相當沮喪。

喬志放下望遠鏡，從書包拿出果醬夾心餅乾，打開後遞給艾瑞克。一看到自己最喜歡的餅乾，艾瑞克的沮喪頓時煙消雲散，他開心地說：「我應該泡一壺茶配這餅乾的，不過，我想茶壺已經打包了。」

喬志一邊在齒間咬著果醬夾心餅乾，一邊問道：「我不

懂，為什麼你不再創造一個卡斯摩？」他知道這可能是最後一次問艾瑞克問題的機會了。

「如果可以的話，我會這麼做，可是，卡斯摩的原型是由我的大學指導老師、葛拉漢和我三個人在很多年前共同建立的。新版本的卡斯摩仍然保有原型的特點，這也就是為什麼單憑我自己一個人的力量，沒有其他兩個人的合作，我沒辦法獨自創造另一個卡斯摩。我的大學指導老師至今下落未明，至於葛拉漢，唉，你知道的……總之，」艾瑞克舔舔夾心餅乾流出來的果醬，繼續說：「自從卡斯摩故障後，我們的生活也變了，沒有它，我必須找其他的方法，繼續我的太空研究工作。不過，樂觀地想，沒有卡斯摩，我再也不用老是提心吊膽，擔心卡斯摩這臺威力強大的電腦會被偷走。為了避免卡斯摩發生危險，我們老是在搬家。可憐的安妮，老是跟著我們到處漂泊。不過，我可以告訴你，在這裡的這段時間是她最快樂的時光。」

「才沒有咧，她看起來一點都不會捨不得離開。」喬志悶悶不樂地說。

「她不想和你分開，你是她最好的朋友。」艾瑞克說：「她會想念你的，喬志。雖然她沒有表現出來，可是在短時

間內，她找不到一個像你這樣的朋友了。」

喬志哽咽地說：「我也會想念她的。」接著，臉紅的他連忙補上一句：「還有你跟蘇珊。」

「我們會再見面的，」艾瑞克輕聲地說：「你不會想我們想太久的。如果有什麼需要我幫忙的地方，跟我說，我會盡力幫你的，喬志。」

「嗯，好的，謝謝你了。」喬志低語。接著，一個念頭閃過腦海，喬志帶著一線希望的語氣，繼續問道：「可是，你搬到那邊安全嗎？你難道不該留在這裡嗎？如果瑞普跟著你到美國怎麼辦？」

「瑞普那個可憐的傢伙已經不會對我構成任何威脅了。」艾瑞克難過地回答。

「可憐的瑞普？」喬志激動地大叫：「他把你引入黑洞，想把你害死耶！我真搞不懂你為什麼要可憐他！我真的一點也不明白，當初你可以給他一點顏色瞧瞧，可是你為什麼不這麼做？」

「瑞普的日子已經被我害得夠慘了。」喬志正要開口反

駁，艾瑞克打斷他：「聽著，喬志，」艾瑞克帶著堅定的語氣說：「瑞普已經想盡辦法對付我，我想這樣就夠了。他既然報復過了，我不覺得以後還會再聽到這個人。而且，卡斯摩已經故障，瑞普也沒辦法從我這邊得到他想要的好處。我安全了，我的家人也是。現在，我將到全球太空局工作。全球太空局要我在火星和太陽系其他地方尋找生命的跡象。你知道的，我實在沒辦法拒絕這個千載難逢的大好機會。」

「嗯，我明白。如果你發現外星生命，你會告訴我嗎？」

「當然，」艾瑞克保證：「你一定會是最早知道的那幾個人。還有，喬志……那個望遠鏡留下來給你，」艾瑞克指著喬志小心拿在手上、正在打包的古銅色圓筒，說：「我希望它能提醒你，記得擡頭仰望星空。」

「真的嗎？」喬志訝異地問：「可是，它不是很貴重嗎？」喬志拆開包裝紙，珍惜地摸著古銅冰冷光滑的質感。

「是的，可是你也像這個望遠鏡一樣珍貴。當你用這個望遠鏡觀察星空時，這些觀察也是很珍貴的經驗。為了讓你多瞭解宇宙的奧祕，我還有另一個離別禮物要送給你。」艾瑞克從身旁的書堆中，翻出一本亮黃色的大冊子，封面用斗大的字寫著《勇闖宇宙使用說明書》。艾瑞克手裡拿著書，

得意地向喬志揮了幾下。

「你還記得嗎？上次在派對，我要求我的科學家朋友們回答你問的問題？現在，答案都在這本書中。你和安妮一人一本。當你讀它時，我要你記得一件事：身為科學家，我和我的科學家朋友們——我們稱彼此為同事，我們喜歡研讀彼此的研究報告，然後一起討論。我們交換彼此支持的理論和看法，而交換意見是身為科學工作最重要、也最有趣的部分——你的同事會幫助你、啟發你以及挑戰你。這本書就是這麼一回事。現在，也許我們可以一起讀前面幾頁。」艾瑞克謙虛地補充：「這是我寫的。」

艾瑞克開始朗誦：

為什麼我們要上太空？

　　為什麼我們要上太空？為了那幾塊月球岩石花那麼多的努力和金錢？難道我們在地球上沒有其他更好的事可做嗎？

　　嗯，這就像是1492年以前的歐洲。當時人們認為送哥倫布去冒險根本就是浪費錢，最後只會換來一場空。結果哥倫布發現了美洲，改變了全世界。想想看，如果哥倫布沒有出海航行，那我們今天就沒有大麥克可吃。當然，還有很多事情根本就不會發生。

　　把我們的版圖延伸到太空的影響會更為深遠。那或許會改變整個人類的未來，甚至決定我們到底是否有未來。

　　它無法解決任何我們在地球上所碰到的急切議題，但是可以幫助我們以不同的觀點來看待事物。現在該是我們把眼光投向廣闊的宇宙，而不只是盯著愈來愈顯擁擠的地球的時候了。

　　讓人類移居到太空中還需要一段時間。我的意思是，那可能要花上數百、甚至數千年的時間。三十年以內我們就可以在月球上建立基地，五十年以內可望抵達

火星，兩百年後，或許可以探索其他行星的衛星。我所說的都是載人任務。我們已經可以在火星上驅動無人探測車，並且發射探測器到泰坦（土星的其中一顆衛星）上，但是當我們談論人類的未來時，我們必須要親自到那裡，而不能只是送些機器人過去。

　　但是去哪裡好呢？今天太空人已經可以在國際太空站住上好幾個月，所以我們知道人類的確可以在地球以外的地方生存。但是我們也知道生活在零重力下的太空站不只連泡杯茶都很難，而且長期生活在零重力下對人體會有不好的影響。所以如果我們要在太空中建立一個基地，它最好是在行星或是衛星上。

　　所以我們該選哪一個？最明顯的當然是月球。它離我們近，而且很容易到達。我們已經登陸過月球，而且在上面開過月球探險車。然而月球的體積小，而且不像地球擁有大氣層和磁場來抵擋太陽風。月球上沒有液態的水，但是在南北極的隕石坑下或許會有冰。建立在月球上的殖民地或許可以藉由核能或太陽能把冰轉換成氧氣。月球可以變成人類探索太陽系其他角落的基地。

　　那麼火星呢？那是我們另一個明顯的目標。火星到太陽的距離比地球離太陽更遠，所以陽光帶給它的溫暖較少，使

它的溫度比地球低上許多。過去火星上曾經擁有過磁場，但是已經在四十億年前衰退不見，它失去了大部分的大氣層，如今它的氣壓只有地球上的百分之一。

過去火星上的大氣壓（就是大氣在你之上的空氣重量）比今天高上許多，因為我們可以看到許多乾涸的河流和湖泊。現在的火星上不會有液態水存在，因為所有的水都會蒸發掉。

但是火星的兩極有許多水以冰的形態存在。如果我們移居到火星上，我們可以使用這些水。我們還可以利用那些被火山帶到表面的礦物和金屬。

所以月球和火星應該是不錯的選擇。但是在太陽系裡，還有哪些地方我們可以去呢？水星和金星都太熱了，而木星和土星是巨大的氣體行星，沒有固態的表面。

或許我們可以試試火星的衛星，但是它們非常小。木星或土星的某些衛星可能是更好的選擇。泰坦是土星的其中一個衛星，它的體積和質量都比我們的月球大，而且它還有濃密的大氣。美國航太總署和歐洲太空總署的卡西尼－惠更斯任務已經成功發射探測器到泰坦上，傳回它表面的照片。但是由於它離太陽很遠，所以非常寒冷，而且我也不敢想像住在一個液態甲烷湖旁邊的情景。

那麼太陽系外如何？藉由觀測，我們知道宇宙中有相當數量的恆星周圍有行星環繞。一直到前不久我們還只能看到一些大小和木星或土星相近的巨大行星。但現在我們開始尋找體積較小的類地行星。這些行星可能會位在所謂的適居帶中，這個區域內的行星和母恆星之間的距離適中，可以容許液態水的存在。離地球十光年的距離內大概有一千顆左右的恆星。如果其中百分之一的恆星周圍的適居帶中有類地行星的話，那我們就會有十個新世界的候選者。

目前我們還無法在宇宙中進行長程的旅行。事實上我們根本無法想像該如何移動這麼遠的距離。不過這是我們在接下來的兩百到五百年間應該努力的目標。人類這個物種已經存在了兩百萬年。文明大約出現在一萬年前，而且一直穩定地加速發展中。今天我們已經可以毫無所懼地前往過去人們無法企及之處。誰知道我們將會發現什麼又會遇見誰呢？

希望你的星際之旅有幸運相伴，而我們的小書也能派上些許用場。

最誠摯的星際祝福

艾瑞克

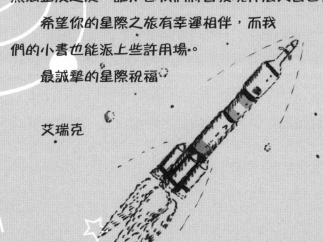

第三章

　　說再見的那天終於到來。塞滿行李的貨車發出砰的一聲，車門關上了。艾瑞克、蘇珊和安妮站在街上，和喬志一家人說再見。

　　「放心！」喬志老爸說：「我會幫你看管這棟房子的，也會幫你稍微整理花園。」喬志老爸給艾瑞克一個孔武有力的握手，痛得讓這位文質彬彬的科學家一臉慘白，放手後不斷搓揉手心。

　　喬志老媽給安妮一個擁抱，說：「唉，以後再也沒有人會把足球踢進我家後院了，我的菜圃要變得死氣沉沉囉。」

　　安妮在喬志老媽耳邊說些悄悄話，黛西笑著說：「當然可以囉。」她轉向喬志，對他說：「安妮想要跟肥弟說再見。」

　　喬志安靜地點點頭，不敢說話，他怕自己一開口，就讓安妮聽出他的聲音在顫抖。兩個人不發一語地走進喬志家，來到後院。

　　安妮整個人靠在豬圈上，非常溫柔地說：「親愛的肥弟，再見了，我會很想很想你的！」

　　喬志深深吸了一口氣。「肥弟也會很想妳的，」他強忍住淚水，尖聲說：「肥弟真的很喜歡妳，自從妳來了之後，牠每天都好開心喔。妳走了之後，日子再也不會一樣了。」

　　「我也很開心。」安妮難過地說。

　　「肥弟希望妳在美國不會喜歡上其他的小豬。」

　　「我**絕對**不會像喜歡肥弟那樣，喜歡上其他的小豬。」安妮斷然宣布：「牠是我最喜歡的小豬！」

「安妮！」他們聽到蘇珊從房子裡傳來的喊叫聲。「安妮，我們該走囉！」

「肥弟覺得妳超正點的，」喬志說：「牠會等妳回來的。」

「喬志，再見了。」

「安妮，再見了。我們太空見。」

安妮緩緩走開。喬志爬進豬圈，坐在溫暖的稻草上，自言自語地說：「唉呀，現在只剩下你和我，一切又跟從前一樣了。」

艾瑞克一家人離開後，後院冷清得讓人窒息。日子百般無聊地過，一天又一天，好像今天和昨天沒什麼兩樣似的。生活裡也沒有發生特別糟糕的事——在學校，怪裡怪氣的瑞普老師已經離開了；自從喬志在那個大型科學競賽得到第一名後，他在學校結交了一些新朋友，午餐時間也有人一起吃飯了；以前那些專找喬志麻煩的小混混，最近也沒有給他難堪。回到家，喬志可以上網查些有趣的資料——其中有些跟功課有關，但絕大部分是他有興趣的科學知識，發發電子郵件給朋友。隨著喬志對科學的興趣與日俱增，他開始固定造訪各種太空網站，去瞧瞧最近的新發現。他尤其喜歡看太空

天文臺（例如哈伯太空望遠鏡）拍攝回來的照片，以及閱讀太空人現身說法的太空遊記。

這些新發現都很令人著迷，可是，少了安妮和她的家人可以分享，一切變得索然無味。每天晚上，喬志擡頭仰望星空，希望可以看到一顆流星來告訴他，他的宇宙冒險還沒結束，可是，他從來沒看過一顆流星飛過。

有一天，正當他要放棄希望時，他收到一封讓人意外的電子郵件，是安妮寄的。喬志寫了很多封信給安妮，而安妮的回信盡是些又臭又長的敘述，沒重點地寫著其他男生發生的無聊事。可是，這一封完全不一樣。信是這樣寫的：

> 喬志，媽咪和爹地寫信給你爸媽，要你過來玩。你一定要來！「是」實上，我需要你。要出宇宙任務！你不要做膽小鬼，不敢來了！！家裡的大人沒有用，不要跟他們提太空冒險的事。連你爸都別說，事情很嚴重。假裝什麼都沒有發生，就是過來度假。太空衣備好了。
>
> 你在宇宙最好的朋友　安

喬志馬上回信：

> 什麼事？？什麼時候？？哪裡？？

安妮的回信很短：

> 祕密。來就對了。去搶錢弄張機票過來。　安

　　喬志盯著電腦螢幕，腦子一片空白。他最大的願望就是去美國的佛羅里達州，看看安妮和她的家人。就算不是為了去太空冒險，喬志也超想去美國。問題是，究竟要怎麼去？老爸老媽如果說不，他要怎麼辦？他要逃家，躲到一艘船去

佛羅里達州嗎？還是趁四下無人，偷偷溜進一架飛機？喬志曾經趁著大人不注意，利用卡斯摩的「宇宙之門」，偷偷溜進外太空。可是坐飛機到美國似乎比把艾瑞克救出黑洞更困難。喬志心想，現實生活中，到美國比到太空棘手多了……

靈光一現，喬志想起了奶奶。他心想，**找奶奶準沒錯**。他連忙寄了一封電子郵件給奶奶：

> 親愛的奶奶，我要去美國。朋友邀我去玩，而且要快！很重要。對不起，我不能多說。您可以幫我嗎？

啾，答案一下子傳回來：

> 我這就過去，阿志。別猴急，凡事有我幫你搞定。
> 疼你的奶奶

一個小時後，前門傳來一陣陣急促的敲門聲，喬志老爸上前開門，不料卻被喬志奶奶撞開，奶奶揮著手杖，一臉怒氣沖沖的樣子。

「特倫斯，阿志要去美國找朋友，你一定要讓他去。」

奶奶拿著手杖指向喬志老爸，一進門就宣布，連打聲招呼也沒有。

「母親大人，」喬志老爸忿忿不平地回應：「這是我的家務事，您未免也管太多了吧？」

「啥？你說啥？我聽不到你說的——你也知道的，我耳朵不靈光。」奶奶回答，逕自把筆記本和筆塞到喬志老爸眼

前。

「母親，不用您提醒，我知道您的耳朵不行了。」喬志老爸咬牙切齒地說。

「寫下來！你說什麼，我聽不到！我一個字兒都聽不到。」奶奶說。

喬志老爸在筆記本寫下：**喬志去不去佛羅里達都不關您的事。**

奶奶瞄向喬志，詭計多端地對他使眼色。喬志也心照不宣回給奶奶一個微笑。

喬志老媽從後院走進屋裡，把手上的泥巴抹在毛巾上。「真是怪了，阿志，」老媽輕聲說：「今天早上我們才收到蘇珊和艾瑞克的信，他們想邀你暑假去美國玩。奶奶怎麼已經知道這件事了？」

「天知道，奶奶可能會通靈吧！」喬志很快接口。

「最好是，」老媽狐疑地看了喬志一眼。「重點是，艾瑞克和蘇珊告訴我，他們想先得到我們的同意，才讓你知道這件事。他們不想讓你空歡喜一場。阿志，你也知道，我們家買不起機票。」

「錢的事包在我身上。」奶奶馬上反駁。

「喔，現在您的耳朵就聽得到了呦？」喬志老爸說，繼續在筆記本上塗鴉。

「我會唇語，」奶奶連忙接口：「我什麼都聽不到。你知道的，我耳朵聾了！」

喬志老媽寫道：**送喬志去美國太貴了，您沒有那麼多錢！**

「妳不要跟我囉唆，」奶奶說：「我在地板下藏了很多私房錢。錢多到花不完。如果你們這兩個蠢東西不讓阿志一個人去，那麼就由我陪他去。我在佛羅里達有一些好久不見的老朋友。」奶奶向喬志露齒微笑，問道：「你覺得怎麼樣啊，阿志？」

喬志笑得合不攏嘴，不住點頭，差點把脖子給弄斷。可是，當他轉向老爸老媽的時候，他根本不敢奢望些什麼，特別是搭飛機——一件老爸老媽理論上不會答應的事。

奶奶早料到這個問題了。她稀鬆平常地說：「我不覺得只有我和喬志兩個人可以去玩。兒子啊，你和黛西也好久沒出去走走了，你們一定有想去的地方吧——世界上一定有某個地方可以讓你們做做好事，某個你們可以讓世界變得更好的角落，如果你們有時間和機票。」

　　喬志老爸倒抽一口氣，一臉心動的樣子。喬志知道聰明的奶奶已經讓老爸中計了。

　　「難道你們沒有喜歡做的事嗎？」奶奶繼續搧風點火。

　　看起來喬志老爸的氣已經消了，他一臉期待地對喬志老媽說：「**如果**喬志真的到佛羅里達過暑假，而且母親也可以幫我們出機票錢，這就意味著我們兩個人可以到其他地方旅行——到南太平洋，參加當地的生態代表團。」

　　喬志老媽一臉認真考慮的表情，說：「這個提議聽起來應該可行。我相信艾瑞克和蘇珊會好好照顧喬志……」

　　「太好了！」奶奶順水推舟接話，有意讓事情成定局，以免老爸老媽改變心意。「就這麼說定了，喬志到佛羅里達，你們兩個去度假——喔，我是說，拯救地球。」奶奶很快糾正自己。「我會幫每個人搞定機票。然後我們就可以出發囉。」

　　喬志老爸無奈地搖搖頭，對他母親說：「有時候，我覺

得您只是選擇性耳聾。」

　　奶奶只是抱歉地笑一笑，語氣堅定地指著她的耳朵說：「你剛才說的我沒聽到，一個字兒都沒有。」

　　喬志高興得快飛上天。多虧奶奶，他才有機會可以去美國！在那邊，安妮會告訴喬志她發現的最新消息。想到這裡，喬志覺得有點愧疚，覺得自己對不起老爸老媽。他們以為他要在另一個國家，來個舒服、安全、安靜的假期。可是喬志太瞭解安妮了，安全和安靜這兩個詞絕對不會在安妮的字典裡。安妮在信裡面有提到太空衣——他們曾經穿著太空衣在太陽系飛行。推論起來，安妮一定發現了一個太空的祕密，她要喬志再跟她去冒險。喬志的思緒飄回現實，他摒住呼吸，等著老媽宣布結果。

　　「好吧，」經過漫長的考慮後，老媽鬆口說：「如果奶奶願意帶你去佛羅里達，而且你一下飛機，艾瑞克和蘇珊就會把你接走，並且全程照顧你，我想，我也只能放行囉！」

　　「帥呆了！」喬志樂得手舞足蹈。「謝謝老媽，謝謝老

爸，謝謝奶奶。我現在最好去打包了！」像一陣小旋風，喬志一下子就不見人影了。

　　自己親手打包行李，比眼睜睜看別人整理行李興奮多了。喬志完全搞不清楚該帶些什麼出國，乾脆把所有東西都攤出來，結果，房間是搞得一團亂。

　　除了在朋友家看到的美國電視節目，喬志對美國所知不多，但是，電視機裡的美國印象並沒辦法幫喬志判斷他需要帶什麼去佛羅里達。滑板嗎？還是很酷的衣服？這兩項喬志一樣也沒有。喬志打包了一些書和衣服，至於隨身行李，就把裡面放著《勇闖宇宙使用說明書》的書包當成隨身行李吧。至於太空旅行的行李，根據喬志的瞭解，太空人只帶換洗衣物和巧克力就登上太空梭了，不過他想安妮大概一樣也不會準備。

　　喬志這邊都準備好了，老爸老媽那邊也一切就緒。他們決定參加生態代表團，加入南太平洋上的一艘船隻，幫助小島上的居民，使他們的生活可以免於海平面升高的威脅。

　　「在那個正在下沉的小島上，我們會盡可能和你保持聯絡，不管是用電子郵件或國際電話。」喬志老爸在行前殷殷

切切地叮嚀：「我們會注意你的狀況。艾瑞克和蘇珊已經承諾要照顧你，奶奶——」老爸嘆了一口氣：「就在附近，如果你需要她幫忙的話。」這家人的成員都有各自的暑假計畫，連肥弟也不例外——牠被安排到當地的兒童農場避暑。

出發前一晚，喬志興奮到睡不著覺。他要到美國找他最要好的朋友了，也許，僅僅是也許，到太空再來一次冒險。雖然喬志曾經在太陽系飛行，可是他從來沒有搭過飛機，這

次坐飛機將是一個全新的經驗。這次，他要在地球的大氣層中飛行，周圍將是藍藍的天空，還不到外太空漆黑的程度。

窗外底下盡是柔軟蓬鬆的白雲，喬志可以看到上方的太陽——太陽系正中心的星球，正散發著煦煦的熱能。斷斷續續地，喬志可以從雲朵的間隙窺看到地球表面的風貌。

一路上，奶奶幾乎從頭睡到尾，微微發出像肥弟打盹時一樣的呼聲。喬志拿出《勇闖宇宙使用說明書》，讀了起來。這一次的章節不再是關於橫越地球，而是橫越整個宇宙。

橫越宇宙之旅

接下來我們要來趟橫越宇宙之旅。

在開始之前，我們必須先了解這裡所謂的「旅程」和「宇宙」是什麼。從字面上來看，「宇宙」指的是上下四方古往今來「一切存在的事物」。但天文學的歷史其實是由許多階段所組成的，每進到一個階段，宇宙就變得更大。所以所謂的「一切事物」其實也不斷在改變。

今天大多數的宇宙學家都認同大霹靂宇宙論，根據這個理論，宇宙大約在一百四十億年前始於一個極度壓縮的狀態。這表示我們極目可見之處，正好是光從大霹靂以來旅行至今的距離。這個距離也就是可觀測宇宙的大小。

那我們指的「旅程」又是什麼呢？首先我們得把「觀察宇宙」和「在宇宙中旅行」分開來。「觀察宇宙」就是天文學家在做的事，待會我們會談到，這代表回溯過去。至於「旅行」則是太空人在做的事，必須實際穿過空間。除此之外，還有另一種旅程。那就是當我們從地球前往可觀測宇宙的邊緣時，我們事實上正循著人類對宇宙尺度認知的歷史前進。現在，就讓我們依次來探討這三種旅程。

回溯過去之旅

天文學家所接收的資訊，來自於以光速（每秒三十萬公里）前進的電磁波。這是個非常快卻有限的速度，天文學家經常以光行進所需的時間來度量距離。舉例來說，來自太陽

的光到達地球要花上數分鐘，來自最靠近我們的恆星的光則要花上幾年，來自最靠近我們的仙女座星系的光要花上幾百萬年，而來自最遙遠星系的光則要花超過數十億年才能到達地球。

這表示當我們觀察的距離更遠，看到的就是更久遠以前的過去。例如若我們觀測一個一千萬光年遠的星系，我們看到的其實是它在一千萬年以前的樣子。所以橫越宇宙不只是一趟穿越空間的旅行，它還是一趟溯往之旅，一直回推到大霹靂。

事實上我們無法真的看到大霹靂當時的情形。早期的宇宙實在是太熱了，所以形成了一團我們看不透的粒子霧。宇宙在大霹靂之後持續擴張了四十萬年後才冷卻下來，使這些粒子霧散掉。不過我們還可以利用模型來推測在此之前的宇宙是什麼樣子。由於我們越往前回溯，宇宙的密度和溫度就越高，因此我們的推測必須建構在高能物理理論之上，而我們目前已經擁有相當完整的宇宙歷史圖像。

或許你會以為我們的回溯過去之旅會在大霹靂結束。然而科學家目前正試圖了解創造本身的物理學。理論上，可以創造出我們宇宙的機制應該也能創造出其它的宇宙。比如說，有些人認為宇宙會不斷進行膨脹與塌縮的循環，所以沿著時間軸會產生一個又一個的宇宙。有些人則認為我們的宇宙只是散布在空間的許多泡泡之一。這些就是不同版本的多重宇宙論。

萊卡，第一個上到軌道的
地球生物。

美國的第一次載人太空任務發
射，1961 年 5 月。

尤里‧蓋加林
（Yuri Gagarin）。

蘇聯太空船東方一號（Vostok1）發射，上面搭載
著尤里‧蓋加林，1961 年 4 月。

雙子星會合；雙子星 7 號拍攝的雙子星 6 號太空船，1965 年 12 月。

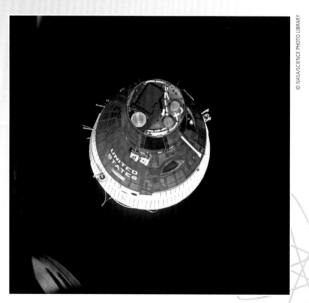

雙子星 6 號拍攝的雙子星 7 號太空船，1965 年 12 月。

艙外活動（EVA）──太空人正離開指令艙。

阿姆斯壯登上月球時留下的第一個腳印，1969 年 7 月 20 號。

阿波羅 11 號太空人艾德林（Buzz Aldrin）
正在進行月球漫步。

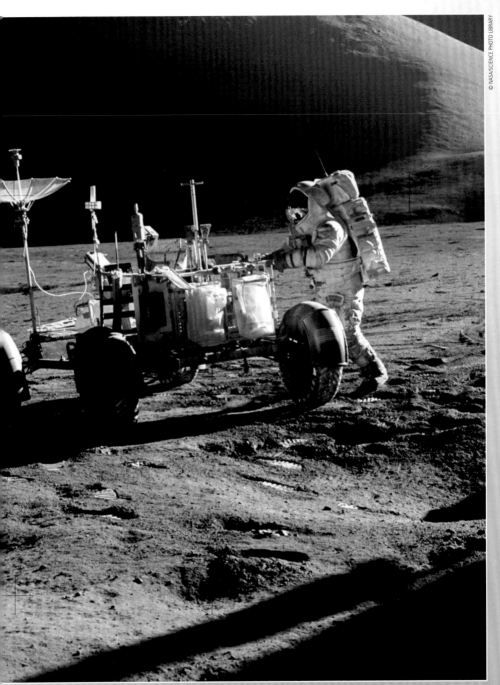

阿波羅15號任務的太空人歐文（James B. Irwin）和月球漫遊車，1971 年 7 月。

太空梭架駛艙模擬器，
1999 年。

第一艘太空梭發射，
1981 年。這艘太空梭
命名為哥倫比亞號。

太空人飄浮在國際太空站中。

下圖：國際太空站的太空人和水果在微重力狀態下。

國際太空站的太空人正在製作漢堡。

安裝了新太陽能板的國際太空站，2006 年。

© NASA/SCIENCE PHOTO LIBRARY

美國太空梭拍攝的蘇聯聯
合號太空船（Soyuz）。

© CHRISTIAN DARKIN/SCIENCE PHOTO LIBRARY

太空船一號（SpaceShipOne）從
軌道重返地球大氣層的情景。

電腦繪製的太空船一號。
太空船一號是私人建造的
太空船，在 2004 年 7 月成
功發射到太空中。

橫越空間之旅

在物理上實際穿過宇宙的旅行遠比前面討論的旅行更具挑戰性，原因就在於需要的時間。愛因斯坦的狹義相對論（1905年）告訴我們，沒有任何太空船能夠以比光更快的速度前進。這表示我們得花上至少十萬年才能穿過銀河系，花上一百億年才能穿過宇宙（至少從待在地球上的某人看來是如此）。不過狹義相對論同時預測，對移動中的觀察者而言，時間的流動較慢，所以對太空人來說這趟旅程可能會快上許多。事實上，如果有人能夠以光速旅行的話，時間將會完全靜止。

雖然沒有太空船能夠以光速前進，但我們可以慢慢朝向這個極速加速；這時候太空船裡的人感受到的時間將會遠比地球上的人來得慢。舉例來說，如果有人從地球以重力加速度推進，只要花上三十年他就能穿過銀河系，所以還可以趕在有生之年回到地球，不過到那時他的朋友早就已經去世多年了。如果他在離開銀河系後繼續加速前進，理論上他會在一個世紀後抵達目前可觀測宇宙的邊緣。

愛因斯坦的廣義相對論（1915年）提供了更為奇妙的可能性。比如說有朝一日，太空人或許可以如同星艦迷航記或其它科幻影集裡頭那樣，利用蟲洞（wormholes）或空間翹曲（spacewarps）效應來讓太空之旅更為便捷，而且不會在回到家的時候失去所有的朋友。不過目前這一切都還只是單純的幻想。

人類思考歷程之旅

　　古代希臘人認為地球是宇宙的中心，行星、太陽和其他星星彼此相距不遠。這種地心觀點在十六世紀時被哥白尼推翻，他證明了地球和其他行星是繞著太陽運行。不過這種日心圖像並沒有維持太久。幾十年後伽利略利用他自己發明的望遠鏡證明，過去以為只是天上的一條光帶的銀河，其實包含了無數像太陽一樣的恆星。這個發現不只降低了太陽的地位，也大幅擴展了已知宇宙的尺度。

　　十八世紀時人們就已經知道銀河是由許多恆星因重力而聚在一起形成的圓盤（銀河系）。不過當時大多數的天文學家都認為銀河系就等同於宇宙，這種以銀河系為中心的觀點一直持續到二十世紀早期。直到1924年，哈伯測量並證明了我們到最近的星系（仙女座）之間的距離遠大於銀河系的範圍，才再次改變了宇宙的大小。

　　哈伯在幾年內陸續測量了數十個鄰近星系的距離，發現這些星系都正在遠離我們而去，而且距離愈遠的星系離去的速度愈快。描繪這種情景最簡單的方式就是想像空間本身正在擴張，就像把星系畫在一個正在充氣的汽球表面一樣，這就是所謂的哈伯定律。哈伯定律成功描述了上百億光年的距離，其中包含幾千億個星系。這又是一個宇宙尺度的大躍進。

　　宇宙中心論認為這會是宇宙尺度認知的最後一次轉變。

因為宇宙擴張表示，愈往過去回溯，星系之間距離就越近，到最後就會聚在一起。在這之前，密度會不斷增加，直到一百四十億年前發生的大霹靂為止，而且我們不可能看到比光從當時一直旅行到現在的距離更遙遠的地方。不過最近天文學家得到了一些很有趣的進展。雖然我們預期宇宙膨脹的速度會因重力而變緩，但事實上它正在加速膨脹中。用來解釋這項發現的理論猜測，所謂的可觀測宇宙可能只不過是一個更巨大的泡泡的其中一部分而已。而這個大泡泡本身可能也只是眾多泡泡的其中之一。正如多重宇宙理論所主張的一樣！

下一步將會是？

　　所以這三項旅程——回溯過去之旅、穿越空間之旅以及人類思考歷程之旅——的結論是一樣的：我們只能從理論來窺視那些無法觀測的宇宙，並且神遊其中！

　　而我最好奇的是：明天的天文學家將會發現些什麼？

柏納德 Bernard

　　飛機降落後，奶奶和喬志排著隊，準備出海關。艾瑞克和安妮則在抵達區等他們出來。一看到喬志，安妮開心地尖叫，忍不住在欄杆的另一邊跳上跳下。

　　「喬志！」安妮大叫：「喬志！」安妮彎下腰，穿過欄杆跑去找喬志。眼前的安妮比喬志印象中變得更高、皮膚更黝黑了。安妮給喬志一個擁抱，在他耳邊悄悄說：「在這裡看

到你真是開心！現在不能多說，可是情況真的很緊急！無論如何，記得要閉嘴！什麼都別說。」安妮接過喬志的推車，快速往艾瑞克的方向走。奶奶和喬志趕緊加快腳步跟上。

　　看到艾瑞克的時候，喬志嚇了一大跳。艾瑞克看起來好累，深色的頭髮冒出幾根白頭髮。他看到喬志時，倦意頓時從臉上一掃而空，又回到以前溫溫和和的樣子。

　　喬志先和艾瑞克打招呼，奶奶也接著和艾瑞克握握手，用筆記本開始和艾瑞克寒暄起來。之後，奶奶把一個寫著「**喬志的緊急基金**」的信封交給艾瑞克，給了孫子一個擁抱，再給安妮一個微笑後，奶奶逕自去找她那些接機的朋友。「一群以前認識的酒肉朋友，她們住在艾瑞克和蘇珊家附近，」奶奶告訴喬志：「難得我們能聚在一起，再幹些年輕時做過的瘋狂事。」

　　可是，奶奶的朋友看起來老得連路都走不穩，喬志實在很難想像她們曾經年輕過，更不用說想像她們曾有一段年少

輕狂的歲月。奶奶踩著搖搖晃晃的步伐，跟著老朋友們一起離開了。奶奶走後，喬志的心不禁往下掉，想家的念頭浮上心頭。美國看起來又大又亮——這裡的東西看起來都比英國的還要亮、尺寸也比英國的還要大，連這裡的人講話都比英國大聲。不過，想家的心情稍縱即逝，並沒有維持很久。

一個小個頭的男孩，戴著一副厚重的眼鏡，剪著一頭奇特的髮型，從艾瑞克身後冒出來。

「你好，喬志，」小男孩誠懇地說：「安妮跟我提過你。」他一臉不屑地瞧了安妮一眼，繼續自我介紹：「久仰大名。你是我聽過最有趣的人了。很榮幸認識你。」

「閃開，愛密特，」安妮氣沖沖地說：「喬志是**我的**朋友，他是來看**我**的，不是你。」

「喬志，他是愛密特，」艾瑞克若無其事地向喬志介紹新朋友。安妮瞪著愛密特，愛密特嘟著嘴，閃開安妮的眼神。「愛密特是我朋友的小孩，他整個暑假都會跟我們住在一起。」

「他比較像是個『帶衰王』，」安妮在喬志耳邊悄悄打小報告。

「這個女生是個不折不扣的白癡。」愛密特也偷偷溜到

喬志附近，在喬志另一邊耳朵小聲地說。

「也許你看出來了，」艾瑞克不以為意地說：「這兩個人是死對頭。」

「我早就警告他不要碰我的『女孩世界』戰鬥娃娃！」安妮氣得發飆。「現在，那個戰鬥娃娃只會說『克林貢』這種外星語。」

「我可沒叫她剪我的頭髮，」愛密特氣呼呼地哭訴：「瞧，我現在一副蠢樣。」

「拜託，你老早就一臉呆瓜樣了。」安妮嘀咕。

「我寧願講『克林貢』語，也不想跟妳這個沒用的傢伙講話。」愛密特不甘示弱地反駁。透過眼鏡，愛密特的大眼睛看起來更加明亮。

「喬志坐了一整天的飛機也累了，」艾瑞克帶著嚴肅的語氣說：「我們現在帶他上車，然後回家。從現在起，不准再胡鬧了。你們每個人都聽到了嗎？」艾瑞克的語氣聽起來相當嚴厲。

「我知道了！」喬志回答。

「別擔心，喬志，」艾瑞克說：「你總是表現得很好。我說的是另外那兩個。」

第四章

　　艾瑞克把車停在一棟白色木屋前。火辣辣的太陽從一片
無雲的晴空直射地面，把地面曬得滾燙；一踏出車外，喬志
馬上感覺到熱氣迎面而來。安妮也接著從車子裡頭爬出來。
正當艾瑞克把喬志的行李從後車廂卸下時，安妮迫不及待對
喬志說：「快點，我們這就開始。跟我來。」安妮拉著喬志
來到房子後面的陽臺，陽臺上有一大片樹蔭，樹蔭下擺著一
些桌椅。

　　「爬到樹上去！」安妮指示：「那是我們唯一能說祕密
的地方！」安妮身手矯健地爬上一根粗大的樹枝，喬志則緩
緩跟在後頭。蘇珊手上托著一個淺盤，從陽臺走了出來，來
到安妮和喬志下方。愛密特像個跟屁蟲，緊緊黏在她身後。

　　「哈囉，喬志！」蘇珊往樹上喊：「很高興見到你，雖
然我沒有真的看到你！」

「哈囉，蘇珊。」喬志回話：「謝謝妳邀我來玩。」

「安妮，妳不覺得喬志坐了這麼久的飛機，需要休息一下嗎？比如說，吃點東西，喝些飲料？」

「拿到樹上來吧。」安妮的手從樹叢間伸了出來，拿了一盒果汁給喬志後，又拿了一堆餅乾。

「好，一切搞定了。」安妮輕快地哼著歌。「在場的其他人士，你們可以退下了！再見！」

愛密特站在樹下，一臉期盼地往樹上望。

「愛密特可以上去跟你們一起玩嗎？」蘇珊問。

「說真的，答案是『不行』。他很有可能會從樹上摔下去，把頭殼摔壞。他還是乖乖待在地上。莎喲娜啦，地面的傢伙！我和喬志要開始幹活了。」

蘇珊嘆了一口氣，對愛密特說：「你就坐在這裡吧！」她在樹下幫他擺了一張椅子。「我相信他們待會兒就會下來了。」

安妮和喬志聽到愛密特仍在樹下哭哭啼啼的，蘇珊正在安慰他。

「別理那個愛哭鬼！」安妮悄悄對喬志說：「絕對不要同情他，否則會很慘。你一旦示弱，他就抓著你不放。他第一次哭的時候，我同情了他，他竟然反咬我一口。我媽咪就是心腸太好了，竟然完全看不出這點。」

蘇珊往屋裡走去，腳步聲愈來愈遠。

「抓好樹枝囉，」安妮命令：「不要被接下來的消息嚇得昏倒了。」

「是什麼事呀？」

「天大的消息，實在是太震撼了，保證你聽了以後會嚇得昏過去。」安妮一臉等著好戲的樣子看著喬志。

「好吧，說來聽聽。」喬志耐心地說。

「你發誓聽了之後不會覺得我瘋了？」

「嗯，妳本來就瘋瘋癲癲的！」喬志據實以告：「所以不管妳跟我說什麼，都不會改變我對妳的看法。」

安妮騰出那隻沒抓樹枝的手，狠狠打了喬志一下。

「唉呦！」喬志邊傻笑邊嘀咕：「會痛耶。」

「喬志，你還好嗎？」底下有個聲音小聲問道：「你需要我這個敵軍提供保護嗎？安妮這個女生壞透了。」

「閉嘴，愛密特，」安妮回嘴：「不要偷聽。」

「我才沒有偷聽你們講話！」愛密特高分貝抱怨：「誰叫你們要傳送一串無用的聲波。」

「閃到別的地方去！」安妮大叫。

「才不要！」愛密特頑固地拒絕：「我要留在這裡，給喬志高智商的協助。我不希望喬志浪費他的頻寬在進行低階的溝通。」

安妮翻了白眼，嘆了一口氣。她沿著樹枝往喬志的方向挪動一些些，在喬志耳邊小聲地說：「我從外星人那邊得到

一個消息。」

「外星人！」喬志驚訝地大叫，壓根忘了愛密特的存在。「外星人傳給妳一個訊息！」

「噓，小聲點！」安妮緊張兮兮地警告喬志，可是已經太遲了。

「這位年輕的女士真的相信外太空會有一種生物，聰明到能穿越太空到達地球，卻選擇了一個腦袋裝漿糊的人來接收這個訊息？」愛密特反諷：「我跟你們說，外星人並不存在。就目前而言，沒有任何證據表示宇宙裡存在著人類以外的智慧生物。我們只能計算在某些行星上，有適合『耐極生物』生長的可能性，那些耐極生物的智商大約和安妮一樣高，或許更高些。如果你有興趣的話，我可以利用『德雷克公式』算出智慧文明存在的可能性給你看。」

德雷克公式

德雷克公式其實不是真的方程式，而是一連串幫助我們估算銀河系中可能會有多少可以與我們溝通的智慧文明的提問。它是由美國搜尋地外文明協會（SETI Institute）的法蘭克　德雷克博士在1961年所提出，而且至今仍被科學家所使用。

德雷克公式如下：

$$N = N^* \times f_p \times n_e \times f_l \times f_i \times f_c \times L$$

其中 N^* 是銀河系裡每年誕生的新恆星數量

- -

問題為：銀河系的恆星出生率是多少？
答案是：我們的銀河系大概有120億歲，裡頭大約有3000億個恆星。所以平均每年大約會出現3000億／120億＝25個恆星。

f_p 是有行星繞行的恆星比例。

- -

問題為：有多少比例的恆星擁有行星系統？
答案是：目前從20%到70%的估計都有。

n_e 是每顆恆星擁有適合生命存在的行星數量。

- -

問題為：對那些擁有行星系統的恆星來說，有多少行星適合生命存在？
答案是：目前從0.5到5的估計都有。

f_l 是適合生命存在的行星（n_e）發展出生命的比例。

- -

問題為：適合生命存在的行星裡有多少比例真的發展出生命？
答案是：目前從100％（只要生命可存在，就一定會出現生命）到接近0%的估計都有。

f_i 是擁有生命的行星裡演化出智慧生物的比例。

問題為：對那些擁有生命的行星來說，有多少比例會演化出智慧生物？
答案是：目前從100%（智慧可為生存提供優勢，所以一定會演化出智慧
　　　　生物）到接近0%的估計都有。

f_c 是擁有智慧生物的行星可以進行星際間通訊的比例。

問題為：有多少比例的智慧種族擁有進行通訊的方法和渴望？
答案是：10%到20%。

L 是一個有星際通訊能力的文明持續進行通訊的平均時間（年）。

問題為：有通訊能力的文明可以存續多久？
答案是：這是裡頭最困難的問題。以地球為例，我們利用無線電波來進
　　　　行通訊已經將近一百年。我們的文明將會持續以這種方式通訊
　　　　多久呢？會不會在幾年內我們就把自己毀滅掉，或者我們可以
　　　　克服萬難，存在一萬年或更久？

當我們把這些變數乘在一起時就會得到：

N，銀河系裡可能進行通訊的文明數量。

73

「呦，真謝謝愛密特教授，看來諾貝爾獎委員會非得頒獎給您了。現在，您何不閃邊，去找您的微生物同類，跟他們鬼混。喬志，我跟你說，事實上，地球上**真的有**外星人。愛密特就是其中一個。」

「等等，回去妳最剛開始說的，」喬志迫不急待地問：「外星人給妳訊息？在哪裡？怎麼傳的？裡面說些什麼？」

「他們發給她一個簡訊，說今天晚上二十一點要將她輸送到母艦上。」愛密特說：「人生有夢最美。」

「閉嘴，愛密特。」這次換喬志覺得愛密特很惹人厭了。「我要知道安妮到底發生什麼事了。」

「仔細聽好了，管他是朋友還是外星人，好戲就要上場了。」安妮說。

底下的愛密特緊緊抱著樹幹，巴不得更靠近他們一些。

喬志微笑著說：「我洗耳恭聽了，安妮偵探，妳說吧。」

「這個驚人的祕密發生在一個相當平常的傍晚，絕對沒有人會料想到在這一天聽到外星人的消息。」

「我，我的家人和我──」安妮帶著一副很了不得的語氣揭開謎底。

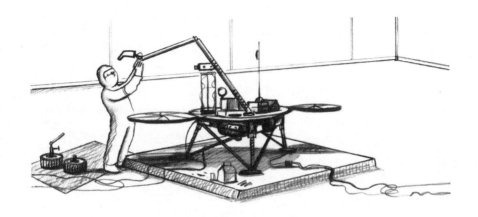

「別忘了還有我！」愛密特尖著嗓子在樹下補充。

「還有愛密特，」安妮加上一筆。「我們去參觀機器人降落火星，你知道的，就是一般的家庭活動，沒什麼特別的，除了……」

幾個星期前，艾瑞克、蘇珊、安妮和愛密特到全球太空局參觀機器人降落火星。這個最新型的機器人名叫荷馬，專門負責探測火星的工作。荷馬花了九個月的時間，航行了四億兩千三百萬英里終於抵達火星。

艾瑞克對荷馬登陸火星的消息很感興趣，因為架設在荷馬上的特殊設備可以證明離地球最近的行星是否曾有生物存

無人太空旅行

太空探測船是一種無人太空船。科學家藉由這些穿越太陽系的探測船來收集更多與我們的宇宙鄰居有關的資訊。

無人太空任務的目的是為了尋找某些特定問題的答案,例如:「金星的表面看起來是什麼樣子?」「海王星上面的風大嗎?」或是「木星是由什麼所組成的?」

雖然無人太空任務不像載人太空任務那麼引人注目,但它們有一些很棒的優點:

- 機械裝置可以旅行很長的距離,比任何太空人更快前往更遠的地方。和載人任務一樣,它們也需要動力 —— 通常是來自於能將陽光轉換成能量的太陽能板。有些距離太陽很遠的探測船則會自行攜帶發電機。但是無人太空船所需的動力遠小於載人任務,因為它們不需要在旅程中維持一個舒適的生活環境。
- 機械裝置不需要食物和水,也不用呼吸氧氣,所以它們比載人太空船更小也更輕。
- 機械裝置不會覺得無聊或是想家,也不會在旅程中生病。
- 如果無人任務出了某些差錯,不會有人在太空中喪命。
- 太空探測船的成本遠低於載人太空任務,而且當任務結束時它們不會想要回家。

太空探測船讓我們得以窺看太陽系的奇觀,它所送回來的資料讓科學家更了解太陽系是如何形成的,以及其它行星長成什麼樣子。雖然目前為止人類的足跡只到達月球(平均距離是 37 萬 8 千公里),太空探測船所到之處卻已經涵蓋了幾十億公里,將太陽系外圍那些令人驚異的精細影像展示在我們眼前。

事實上,有將近 30 個太空探測船早在人類登陸之前就已經抵達月球。今天它們被送往太陽系

的各個行星、收集彗星的尾塵、登陸火星和金星、旅行到比冥王星更遙遠的地方。有些太空探測船上還攜帶有關我們的行星和人類的資訊。先鋒 10 號和 11 號上面就攜帶了一塊刻上男人和女人形象以及標示太空船來自何處的金屬板。當先鋒號飛向宇宙的深處，或許會在某天遇上一個外星文明。

航海家號探測船攜帶了地球的城市、景觀以及人們的照片，還有以各種地球語言錄製的問候語。只要這些太空船有一點點機會被另一個文明所發現，這些問候將會向能夠了解它們的外星人保證，地球是個愛好和平的行星，同時向宇宙中的任何生物致上我們的善意。

太空探測船有各種不同的型式，依其試圖為我們解答什麼樣的問題而定。有些太空船從行星旁掠過，為我們拍下照片，在一趟任務中會行經許多個行星。有些在某個特定行星的軌道上運轉，以取得更多該行星及其衛星的資訊。還有一種太空船設計用來登陸，以傳回另一個世界表面的資訊。登陸的太空船有些是漫遊車，有些則留在登陸之處。

最早的漫遊車——月面車 1 號，是蘇聯月球探測 17 號太空船的一部分，於 1970 年登陸月球。月面車 1 號是可以從地球上控制的自動載具，就像遠端遙控汽車一樣。

美國航太總署的火星登陸船——海盜 1 號和海盜 2 號，在 1976 年登上這顆紅色的星球，為我們帶回了這個引起人類好奇心達數千年的戰神之星表面上的第一張照片。海盜號登陸船讓我們看到火星的紅褐色平原、散亂的礫石、粉紅色的天空，甚至是冬天時地表上的霜。不幸的是，登陸火星非常困難，已經有好幾艘我們送往這顆紅色行星的太空探測船墜毀在它的表面上。

無人太空旅行

後來的任務中，我們又把「精神號」與「機會號」兩艘漫遊車送上了火星。它們原本只設計用來進行三個月的探索，但後來持續運作了比預期更久的時間。和其它送上火星的太空船一樣，它們發現了火星曾經有水存在的證據。2007 年美國航太總署 NASA 把「鳳凰號」送上火星。鳳凰號不能在火星上漫遊，但擁有一支可以鑽進土壤裡採集樣本的機械手臂，以及一個能檢測土壤成分的小型實驗室。另外，火星軌道上還有三艘太空船，分別是「火星奧德賽號」、「火星快遞號」以及「火星勘察號」，為我們拍攝火星表面的詳細影像。

無人太空探測船也讓我們看見金星厚重大氣下的惡劣環境。過去我們曾經認為金星的雲層下可能是濃密的熱帶雨林，但是探測船告訴我們那是個高溫的世界，它的大氣中含有高濃度的二氧化碳，而且充滿暗褐色的硫酸雲。1990 年時，麥哲倫號進入環繞金星的軌道，它利用雷達穿透金星的大氣層來繪製其表面，結果發現金星上有 176 座範圍大於 70 英里的火山。歐洲太空總署的金星快遞號在 2006 年抵達金星軌道，任務是研究金星的大氣，並且試圖解答為何金星與地球會如此不同。還有許多登陸船從金星表面傳回了資訊，這是非常了不起的成就，因為在這個極不友善的行星上登陸是非常艱鉅的任務。

無人太空探測船也探索過水星這個比金星更接近太陽的焦灼世界。水手10 號在 1974 和 1975 年兩度掠過水星時顯示這個光禿禿的小號行星和我們的月球非常類似。水星是個灰撲撲的死寂星球，只擁有極為稀薄的大氣。在 2008 年，信使（MESSENGER）任務發射的太空探測船重返水星，為我們送回了這顆最接近太陽的行星 30 年來的第一張新照片。

靠近太陽對無人太空船來說是很困難的任務，但是我們送到太陽的探測船太陽神 1 號、太陽神 2 號、SOHO 觀測衛星、TRACE 觀測衛星和 RHESSI 觀測衛星送回了大量的資訊，協助科學家更了解這顆太陽系正中心的恆星。

1973 年，當先鋒10 號行經時木星時，我們首次看到這顆太陽系外側行星的細部影像。先鋒 10 號拍下的照片包括了大紅斑這個人類從幾個世紀前

就從望遠鏡中觀察到的特徵。繼先鋒號之後，航海家號揭露了與木星的衛星有關的驚人發現。藉由航海家號，地球上的科學家才發現木星的衛星彼此間的差異非常大。1995 年，伽利略號探測船抵達木星，在後來的八年裡持續調查這顆巨大的氣體行星以及它的衛星。伽利略號是第一艘由近處觀察到小行星的探測船、也是第一次發現擁有衛星的小行星以及第一艘長期測量木星的探測船。這艘不可思議的探測船還發現木衛一伊奧（Io）上有火山活動，以及木衛二歐羅巴（Europa）表面的厚重冰層下可能是個巨大的海洋，甚至可能存在某些形式的生命！

NASA 的卡西尼號並不是最早拜訪土星的太空船。先鋒 11 號和航海家號都曾在它們的漫長旅程中行經土星，並且送回土星環的影像和泰坦厚重大氣的相關資訊。但是當卡西尼號經過了七年的旅程在 2004 年抵達土星後，為我們提供了更多土星及其衛星的面貌。卡西尼號還發射了一具探測船 —— 歐洲太空總署的惠更斯號 —— 穿過厚重的大氣登陸泰坦。惠更斯號發現泰坦的表面覆滿了冰，而且其厚實的雲層會降下由甲烷所形成的雨。

離地球更遙遠之處，航海家 2 號曾掠過天王星，送回了這個冰凍行星的影像。天王星的自轉軸幾乎傾斜橫躺在它的公轉軌道面上。航海家2號也讓我們更了解環繞天王星的薄行星環（它和土星環非常不同）以及其衛星的許多細節。航海家 2 號後來抵達海王星，並且發現它是個多風的行星——海王星上的風暴擁有太陽系行星中最高的風速紀錄。航海家2號目前離地球 100 億英里，而航海家 1 號離地球則有 110 億英里遠。他們應該還可以持續和我們通訊直到 2020 年。

星塵任務利用探測船來收集彗尾的塵埃，並且將其送返地球。藉由這些塵埃我們得到許多太陽系在誕生之初的資訊。收集這些形成於太陽系中心而漂蕩到太陽系最邊緣的彗星的成分，可以幫助科學家更了解太陽系的起源。

在。荷馬要找尋火星上的水——荷馬運用機械手臂末端的一個特別的杓子，扒取火星表面冰凍的土壤，並把冰土放在特別的爐子上烤。藉由加熱這些土壤，荷馬可以知道這個如今寒冷荒涼的行星，在很久很久以前是否曾經有溫暖、潮濕的氣候，是否曾有水流動。

「如果火星上曾經有水分，」艾瑞克向孩子們解釋：「根據我們對地球的瞭解，火星上應該曾有生物存在過！」

全球太空局準備發射有史以來第一艘載人太空船探測火星，評估人類在火星建立殖民地的可能性，而荷馬正是這項計畫的先鋒。

荷馬的意義重大，並不是因為它造價昂貴、設備先進，更不是安妮說的是因為長得很可愛——具備攝影功能的小圓珠眼睛、細得像竹竿的雙腳、由於藏著爐子而變得圓滾滾的大肚子。荷馬的重要性在於，它代表人類踏入太空的第一步，它是最新形態的太空探險，而這種形態的探險目的在於引領人類到其他的行星居住。

當荷馬登陸火星紅色表面的那天，他們站在塞滿了電腦的圓型大控制室內，工作人員全神貫注盯著螢幕上的訊息。荷馬沿途傳送訊號回地球，報告進度。這些訊號以編碼

的方式傳送，需要全球太空局的電腦解碼成文字和影像。因為荷馬把訊號傳送到地球需要花一些時間，所以產生了時間上的差異，因此，在控制室內只能看到火星上剛才發生了什麼事，無法同步知道火星現在發生什麼事。荷馬成功著陸了嗎？還是墜毀了？究竟如何，人們也只能拭目以待。

安妮和愛密特看著頭頂上的螢幕，看著荷馬靠近火星當時發生的狀況。控制室裡面的氣氛很緊張，大夥圍成一圈一圈，迫切希望荷馬能順利著陸，開始新任務。

就像艾瑞克解釋的，成功降落在火星表面並不是一件容易的事，因為火星的大氣層很稀薄，無法像地球的大氣層那

樣，在太空梭進入地球時成為一道天然的阻礙。當荷馬急速衝向火星表面時，控制室裡的人也只能希望荷馬的系統一切運作正常，幫助荷馬減緩速度，否則，荷馬在遙遠的火星上摔成一堆破銅爛鐵，也沒有人可以修理它。

當荷馬接近火星的大氣層時，每個人都屏氣凝神注視著螢幕，螢幕一邊是數位時鐘，計算著荷馬在太空所花的時間，另一邊螢幕顯示著 UTC 時間──UTC「協調世界時」是所有太空局統一使用的時間系統，目的在於協調太空局之間以及各個太空任務的時間。

「注意 EDL，」一個帶著耳機、表情嚴肅的男人大喊。

「EDL 是什麼東西？」安妮問。

「E 是英文的進入，D 是降落，L 是登陸，」愛密特語帶優越感回答：「安妮，我以為妳是有備而來的。」

安妮無言以對，所以狠狠踩了愛密特一腳以示回應。

「唉呦喂！好痛呀！蘇珊！」愛密特大叫：「她又欺負我了！」

蘇珊嚴厲地看了自己的女兒一眼。安妮只好安靜地離開愛密特，站在她爹地身旁，握著艾瑞克的手。這時艾瑞克正皺著眉，咬著唇，一副若有所思的樣子。

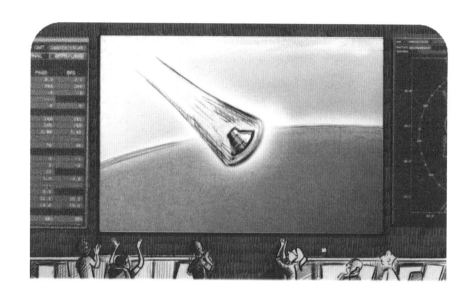

「爹地，你覺得荷馬著陸了嗎？」安妮小聲地問。

「但願如此，」艾瑞克低頭，笑著對她說：「荷馬雖然是個機器人，可是它可以傳送許多有用的資訊給我們。」

「進入大氣層！」控制人員說。

荷馬像個倒立旋轉的陀螺，進入火星的大氣層，在身後噴出一串耀眼的火焰。這時，控制室內全場爆出熱烈掌聲。

「一分四十秒後加熱速率將達到尖峰，」控制人員警告：「有電漿造成通訊中斷的跡象。」現場陷入警戒狀態，大家連氣都不敢喘一下。

「電漿造成通訊中斷！」控制人員宣布：「我們碰到通訊中斷了！訊號將在兩分鐘內回復正常。」

安妮緊緊握住爹地的手。艾瑞克也跟著緊握安妮的手，告訴她說：「寶貝，別擔心，這種情形偶爾會發生——因為大氣摩擦的關係。」

時間分分秒秒過去了，兩分鐘，三分鐘，四分鐘，人們開始議論紛紛，氣氛變得愈來愈緊繃。

「目前無法從荷馬那裡收到訊號，」控制人員宣布。顯示荷馬降落的螢幕也不動了。「我們失去荷馬的訊號了！」說完，控制室裡面的紅燈開始閃爍。

「發生什麼事了？」安妮小聲地問。

艾瑞克搖搖頭說：「我也很擔心，有可能是通訊系統在進入大氣層時融化了。」

「你的意思是荷馬死了嗎？」愛密特大聲發問，引來其他人的白眼。

控制人員取下耳機，愁雲慘霧地用手擦著額頭。一旦通訊系統失靈，沒有訊號回傳，荷馬的狀況將無法掌控。到底它成功著陸了，還是墜毀了，是否找到火星上的生物，地球上的人將一無所知。

「火星監控衛星追蹤不到荷馬！」有人慌張地大叫：「火星監控衛星找不到荷馬。荷馬從所有系統裡消失了。」

出乎意料地，幾秒鐘後，一切又回復正常。「找到訊號了！」另一個工作人員看到電腦回復正常後，興奮地大喊：「荷馬正在接近火星表面。它展開降落傘了。」

螢幕顯示，當荷馬搖搖晃晃地接近火星表面時，降落傘從荷馬身後膨脹開來。

「荷馬的降落支架伸出來準備降落。它成功登陸了！它登陸在火星北極的區域。」在場有些人高聲歡呼，可是艾瑞克並沒有跟著這麼做，他看起來一臉困惑。

「現在的狀況不是很好嗎？」安妮輕聲對他說：「荷馬沒事了。」

「是沒錯，可是，事情有點不大對勁，」艾瑞克皺著眉頭解釋：「有些地方不太合理。為什麼荷馬完全失去訊號這麼久之後，還能再回來？為什麼監控衛星沒有看見荷馬？看起來荷馬好像只有消失幾分鐘。真是怪了。我很好奇現在究竟發生了什麼事……」

「所以，這和外星人有什麼關係？」喬志躺在樹枝上問道。

「什麼關係也沒有，」樹底下的愛密特回答：「只是普通的故障，真不知道有什麼值得她小題大作。」

「那是因為你不知道接下來發生了什麼事，」安妮悶悶不樂地說。

「發生什麼事了？」愛密特問。

「小孩子和愛哭鬼是不會懂的，」安妮一副倚老賣老的語氣說：「只有大人才會明白。現在，我和我朋友有重要的事情要討論，你就進去屋子裡寫電腦程式吧。」

「什麼？你會寫電腦程式？」喬志不可置信地問愛密

特：「你真的會寫電腦程式？」

「喔，是呀！」愛密特熱心地解釋：「任何你要電腦做的事，我都可以寫程式要求電腦做。我是電腦程式高手。幾個月前我應徵一家軟體公司，我給他們看了我做的太空梭模擬器，是線上版本的。他們本來要給我這份工作的，如果他們不知道我只有九歲。」

「所以，你是天才兒童囉？」

「是的，」愛密特開心地同意：「如果你要，你可以試看看我的模擬器，它可以讓你體驗在太空船裡面究竟是怎麼一回事。很酷呦！如果你們跟我說外星人的事，我就讓你們兩個人玩我的模擬器。」

喬志正想說好時，安妮接口說：「我們才不要呢，總之，你快點滾開吧！」

樹底下的愛密特嚎啕大哭了起來。蘇珊和艾瑞克剛好從屋子裡走出來。

「時間到了，小朋友們，」蘇珊往樹上喊：「三個人都進去屋子裡吃晚飯。」

第五章

　　這趟長途旅行真的把喬志累壞了。晚上刷牙的時候，刷著刷著，喬志的眼睛都快閉上了。喬志搖搖晃晃地走進他和愛密特共用的房間。這時，愛密特正在啟動電腦上的太空梭模擬器。

　　「嘿，喬志，你要駕駛太空梭嗎？很簡單的。我已經下了所有指令，電腦會根據不同的時間點告訴你發生了什麼事。」

　　「起飛前倒數七分三十秒。撤回太空梭出入通道。」愛密特的電腦發出呆板的機器人聲。

　　喬志累得只想倒頭就睡，連話都說不出來，恍惚地回答：「不了，愛密特，我想⋯⋯」在發射前的倒數聲中，喬志進入了夢鄉。

　　太空梭發射的指令悄悄溜進喬志的腦袋。喬志做了一

個很奇怪的夢——他坐在太空梭的機長座，負責駕駛巨大的太空梭進入太空，感覺像是被綁在大火箭的頂端，要被送上天。在一片黑漆漆的太空中，他從太空梭的窗戶看到星星正對他閃閃發光。在黑色背景強烈的對比下，星星變得又亮又近。有顆星星好像正向他靠過來，耀眼的光芒直直照在他臉上，亮得讓他——

喬志醒過來，發現自己睡在一張不熟悉的床上，有人拿著手電筒往他臉上照。

「喬志！」有一個聲音小聲說：「喬志，起床了！情況不妙了！」

是安妮，她穿著睡衣出現在喬志面前。

「很亮欸，拿開！」喬志大叫，用手擋住強光。安妮把被子丟向喬志，一把抓起了喬志的手臂。

「到樓下去。絕對不要出聲。現在是我們唯一能擺脫愛密特的機會！快走！」

喬志慌慌張張地跟在安妮後頭，腦袋裡還想著剛剛那個駕駛太空梭的怪夢。他躡手躡腳走下樓梯，從廚房來到屋後的陽臺。安妮把手電筒照在一張紙上。

這張紙上面的圖看起來像這樣：

航海家號太空船（電腦繪圖）。

火星上的鳳凰號太空船（電腦繪圖）。

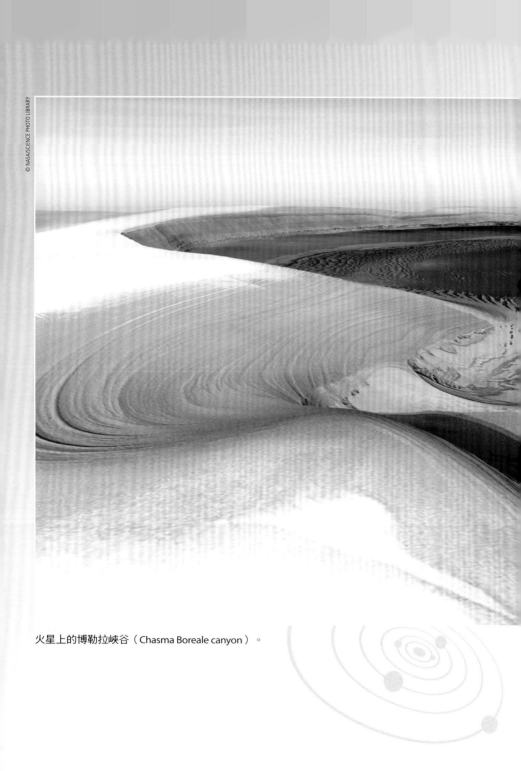

火星上的博勒拉峽谷（Chasma Boreale canyon）。

水星

布滿坑洞的水星表面。

水星上的隕石坑。

金星

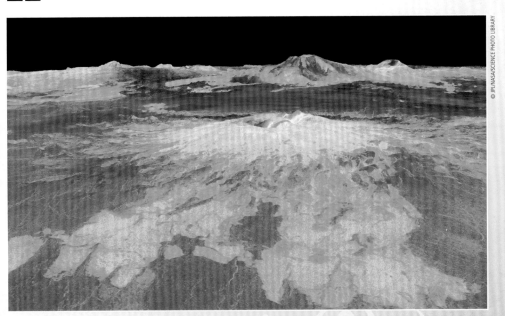

金星上的火山。

金星的大氣。

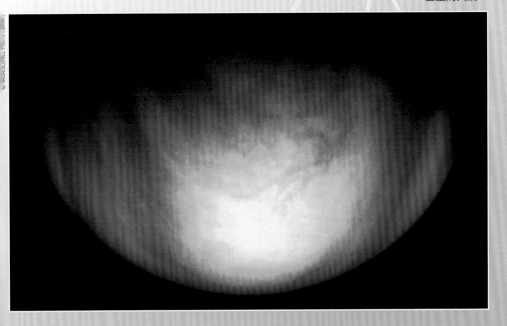

木星

航海家 1 號拍攝的木星。

土星

航海家 1 號拍攝的土星和土星環。

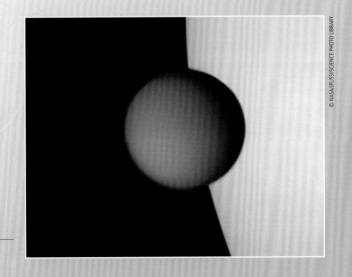

卡西尼號拍攝的土衛六——
泰坦，後方是土星。

天王星和海王星

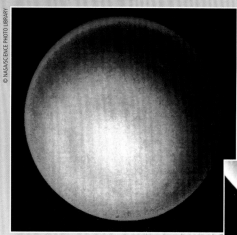

© NASA/SCIENCE PHOTO LIBRARY

航海家 2 號拍攝的天王星。

下圖：航海家 2 號拍攝的海王星，其中依稀可見海王星最大的衛星崔頓。

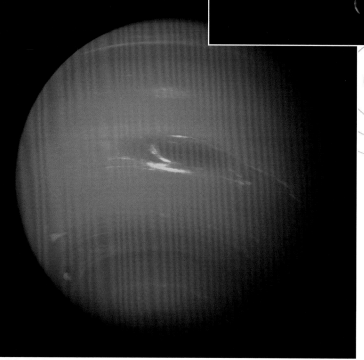

© JPL/NASA/SCIENCE PHOTO LIBRARY

航海家 2 號拍攝的海王星。

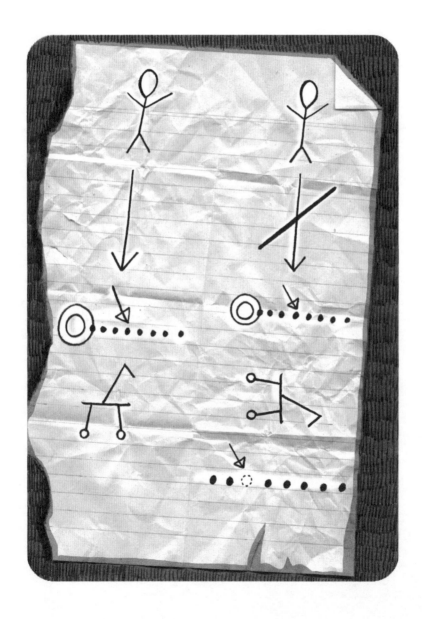

「就是這張紙條？」喬志難以置信地眨著眼。「這就是外星人給妳的訊息？他們把訊息寫在學校作業本上？」

「當然不是了，傻瓜。我從卡斯摩的螢幕抄下來的！」

「卡斯摩？」喬志大吃一驚：「它不是故障了嗎？」

「沒錯，不過先讓我把整件事說完。」

荷馬在火星降落後，原本應該執行任務，如測量火星天氣、尋找土壤樣本裡的水分，以及火星上微生物存在的跡象。

上述的任務荷馬一樣也沒達成。荷馬的腦袋好像短路了，拒絕對地球傳過去的訊號作出任何回應，它不斷在火星表面轉圈圈，把挖到的泥土一匙一匙往空中倒。

雖然沒有回應地球的訊號，荷馬還是不斷發送訊息，但訊息都是輪胎的畫面以及一些沒有用處的資訊。根據繞著火星軌道運行的

監視衛星，以及荷馬傳送回地球的圖片顯示，偶爾，荷馬的行蹤仍然可以被偵測到。安妮轉述，有一次，艾瑞克覺得荷馬在衛星圖像上的姿勢很怪，很像在向他招手，吸引他的注意。還好艾瑞克比較瞭解荷馬的狀況，知道事情沒有那麼簡單。安妮說，艾瑞克承受很大的

壓力，因為很多人對荷馬的火星之旅拭目以待，很好奇荷馬究竟在火星上做些什麼事，會有什麼驚人的發現，可是，除了怪異的行徑，荷馬什麼貢獻也沒有。

　　這個問題也讓全球太空局的處境很尷尬。荷馬造價昂貴，花了許多人力建造、發射、操作。荷馬在這個新的太空計畫當中扮演很重要的角色，人類是否能居住在另一個行星完全靠荷馬了。如果荷馬無法正常運作，對於不支持太空計畫的人，或是不支持送太空人到外太空的人而言，荷馬無疑是個浪費時間的計畫。

荷馬的反常讓艾瑞克無法知道火星上是否有可能的生命存在。看到荷馬在火星上胡搞，艾瑞克覺得很難過。時間一天過一天，艾瑞克變得愈來愈沮喪。如果荷馬不快點乖乖合作，荷馬的任務勢必會被迫停止。到時候，荷馬將變成遙遠行星上的一堆破銅爛鐵。

艾瑞克原本滿心期待荷馬的新發現，現在希望卻落空了，他常常整天顯得垂頭喪氣的。安妮討厭這樣的狀況，她不想看到她爹地難過，所以想出了一個聰明的方法：她要讓卡斯摩起死回生。

「我想，如果我們有卡斯摩，」星空下，安妮這麼跟喬志說：「我們就可以偷偷溜到火星，解決荷馬的問題後，再神不知鬼不覺地溜回地球。趁著衛星監視火星另一側時，我們趕快跑到火星，這樣我們就不會被發現了。我要說的是，我們絕對要很小心，不能在火星上留下腳印，也不能丟掉什麼東西，否則我們的麻煩就大了。」

「嗯，所以妳做了什麼？」喬志還沒從剛才的怪夢中醒過來，恍惚地問。

「我把卡斯摩從祕密基地拿了出來。」

「如果妳知道那個地方的話，那就不能算是祕密了。」

「然後，」安妮不理喬志，繼續說：「我打開它。」

「可是，卡斯摩能動嗎？」喬志現在睡意全消了。

「不完全可以，」安妮承認：「至少，有幾秒鐘的時間它動了一下，接下來就一動也不動了。」安妮拿著紙條在喬志眼前揮動。「喏，這是我從卡斯摩的螢幕上抄下來的。真的，不騙你。我查了寄件者，答案是：**查無此人**；寄件地：**外太空**。接著卡斯摩就斃命了，再也不能啟動。」

「哇塞！妳有跟艾瑞克說嗎？」

「當然了。爹地也想試著啟動卡斯摩，可是他也沒辦法做到。我讓他看那個訊息，但是他一點都不相信。」安妮噘著嘴埋怨：「他說我又在編故事了——可是，我真的相信荷馬正在對我們招手，它有話要跟我們說。我爹地卻堅持

相信，荷馬因為沒有順利穿越火星的大氣層，導致運作失常。至於我手上的這個訊息——如果卡斯摩真的收到這個訊息，那也是因為卡斯摩壞掉了，所以才會出現這個奇怪的訊息。」

「他怎麼什麼都不信呀！」喬志下了這個評論。

「也不能這麼說，我爹地只是根據事實推測。就像愛密特說的，」安妮承認：「大部分的人相信火星上只有微生物，沒有外星人。可是，我相信……」

「妳相信什麼？」喬志擡頭望著星星問安妮。

「我相信，」安妮斬釘截鐵地說：「那裡有人試著要跟我們溝通。他們想用荷馬吸引我們的注意力，因為我們忽略他們了，所以他們開始傳送訊息。因為卡斯摩不能運轉，所以我們才不能瞭解這些訊息。」

「那麼，我們現在該怎麼辦？」

「我們必須親自到火星一趟，一探究竟。首先，我們要先把卡斯摩修好，看看外星人有沒有繼續傳送訊息給我們！然後，也許我們可以回傳訊息……」

「我的意思是，我們要怎麼表

達，他們才會瞭解？就算我們可以回傳訊息，我們要寫什麼？用什麼語言？他們用圖片傳送訊息——肯定是因為他們不知道要怎麼跟我們溝通。」

「我們可以說『不要惹地球來的機器人，你們這些討厭的外星人』，」安妮氣嘟嘟地說：「『別跟我們瞎攪和！去挑其他的文明吧！』」

「可是如果我們跟他們說『滾蛋，外星人』，我們又怎麼能知道他們是誰，從哪裡來？」喬志抗議。

「『平平安安地來，平平安安地去』，你覺得這樣寫好嗎？這樣，我們可以知道他們是誰，可是如果他們不懷好意，他們也不准進入地球。」

「好個頭！到時候有誰可以阻止他們？他們可以自由降落，用巨無霸機器把我們踩扁，就像我們對付螞蟻一樣。」

「搞不好他們很小，小到像顯微鏡下扭來扭去的微生物。我們的體積比他們大太多了，所以，當他們到達地球的時候，我們根本不知道。」

「或許他們是有十四個頭，又軟又濕又黏的東西，」喬志裝出恐怖的聲音說：「我們也要小心他們。」

這時，樓梯發出吱吱嘎嘎的聲音，接著傳來一陣腳步

聲。艾瑞克睡眼惺忪走到陽臺上，火冒三丈地問他們：「你們兩個在搞什麼鬼？」

「喬志睡不著，」安妮很快接口說：「因為時差的關係，所以我只是，嗯，幫他倒杯水。」

「最好是！現在，」艾瑞克氣得說不出話：「兩個都給我上樓。」

喬志無聲無息地回到那個和愛密特共用的房間，跳上床後，他依舊開著安妮的手電筒，拿出了《勇闖宇宙使用說明書》，全神貫注開始讀起「如何和外星人對話」這一章。

與外星人接觸

如果真的有外星人，我們會不會遇見他們？

星星之間的距離如此驚人，所以我們並無法確定面對面的接觸（如果外星人也有「臉」的話）是否可能會實現。但即使外星人永遠無法造訪我們的行星或是親自接待我們的到訪，我們還是有可能得知彼此的存在，並且進行對談。

其中一種方式就是利用無線電。無線電波和聲波不同，可以越過星球之間空蕩蕩的宇宙。而且它們是以任何東西所能達到的最快速度在移動，也就是光速。

五十年前左右，有些科學家嘗試研究從一個星球傳送訊號到另一個星球需要些什麼。結果他們驚訝地發現，星際間的通訊並不需要科幻電影中常見的那些超先進科技。只要藉由我們今天所擁有的無線電設備，就足以把無線電訊號從一個太陽系送到另一個太陽系。所以科學家們離開黑板，對自己說：如果這麼簡單的話，那不管外星人正在做些什麼，他們一定也正在利用無線電來進行長距離通訊。於是科學家們想到一個再合邏輯也不過的好主意：把我們擁有的那些巨大天線轉向天際，來看看是否能接收到一些來自外星人的訊息。畢竟，如果真的找到了外星人發送的訊息，就等於證明了外星人的存在，根本不需要把火

箭送到遙遠的行星系，期望找到一顆有生物居住的行星。

可惜的是，外星人監聽計畫SETI（尋找地外智慧生物 Searching for Extra-Terresstrial Intelligence的簡寫）到目前為止並沒有在天空中找到任何一個可信的訊號。無論我們望向何方，無線電波段中都是令人失望的一片寂靜，只有類星體（劇烈活動的高能量星系核心）或是脈衝星（高速旋轉的中子星）所造成的自然背景訊號。

這是不是意謂著，能夠建造無線電發射器的智慧生物並不存在？果真如此，那真是太讓人震驚了，因為光是我們自己的銀河系裡就至少存在一兆顆以上的行星，而整個宇宙至少還有上千億個類似銀河系的其他星系。如果真的沒有其它智慧生物存在，那我們的存在將是無比的特別也無比的孤獨。

不過，正如SETI的研究人員會告訴你的，現在就下結論說我們在浩瀚星海中沒有同伴還太早。畢竟如果我們要聽見外星人的無線電廣播，除了天線要指向正確的方向以外，還要把頻率調到正確的頻段、有個夠靈敏的接收器，以及在剛好的時間收聽。SETI計畫就像是在缺乏地圖的情況下尋找埋藏的寶藏一樣。所以我們到目前為止沒找到任何東西其實並不讓人驚訝。這就好像你在南太平洋某個小島的沙灘上挖了幾個洞，結果發現裡頭除了潮濕的沙子和螃蟹什麼都沒有一樣，並不代表沙灘沒有寶藏深埋其中！

　　幸運的是，新的無線電望遠鏡正在加快我們的搜尋腳步，或許在幾十年內我們就能真的截取到來自另一個文明的微弱訊號。

　　到時候他們會對我們說些什麼呢？當然我們只能憑空臆測，不過有件事外星人一定會知道：他們最好是一次送上一段長長的訊息，因為即時快捷的通訊是不可能的。舉例來說，如果離我們最近的外星人生活在環繞著離我們一千光年遠的某顆恆星的行星上，那麼就算我們明天馬上收到一個訊息，這個訊息實際上已經花了一千年才抵達地球。也就是說，那將會是個古老的訊息。不過那倒是無所謂，因為如果你讀過索福克里斯或是莎士比亞的話，那也都是些古老的「訊息」，但它們還是非常有趣。

　　不過，如果我們決定回覆這些訊息，那麼我們的回答得要花上一千年才能到達外星人那裡，然後要再等上一千年，我們才會得到外星人的答覆。換句話說，就算只是一句簡單的「哈囉？」，然後外星人回覆「是佐克嗎？」都

得花上二十個世紀之久。雖然以無線電交談要比搭乘火箭面對面打招呼來得快，卻還是非常緩慢。所以或許外星人送來的會是有關他們自己和他們的行星的書籍卷冊，畢竟熱烈的交談似乎不太可行。

不過就算他們真的送了一套外星人百科全書給我們，我們就能夠讀懂嗎？再怎麼說，外星人都不像影集或電影裡一樣講著流利的英語或是其它任何地球上的語言。或許他們會利用圖片甚至是數學，來使他們的訊息更容易理解，不過除非我們真的收到了這些訊息，我們將不會知道裡頭到底會是些什麼。

無論他們傳送些什麼給我們，偵測到一串來自遙遠世界的無線電聲響訊息都將會是個大新聞。那種感覺會和五世紀前，探險家第一次發現竟然還有一個歐洲一無所知且布滿原住民的新大陸一樣。發現新世界改變了一切。

今天，我們把過往探險家使用的木造帆船換成了鋁和鋼鐵製成的巨大天線。或許很快地，它們將會告訴我們一件事：在廣闊的太空中，人類是不是唯一仰望著宇宙的生物。

而今天的年輕人可能就是在未來聆聽並回覆這些訊息的人。也就是說，或許就是你！

席恩 Seth

第六章

　　隔天的早餐時間，喬志的眼皮重得幾乎睜不開，腦筋
也一片混亂。英國的午餐時間換到美國後，變成了早餐時
間──這的確會讓人錯亂，可是，這種混亂比起安妮昨天晚
上洩漏的機密，簡直是小巫見大巫。究竟該不該相信安妮說
的話呢？喬志一點頭緒都沒有。

　　之前有一次，喬志不相信安妮──第一次遇見安妮時，
安妮告訴喬志，她到過太陽系旅行，喬志以為安妮說的是
天方夜譚，笑她吹牛不打草稿。沒想到，事實證明安妮是對
的。這一次，喬志很猶豫到底該不該相信安妮。

　　不站在安妮這一邊是有原因的──艾瑞克似乎沒有把外
星人的訊息當一回事，這是安妮從側面旁敲側擊知道的。反
過來說，如果喬志能親自到太空走一趟，看看究竟是怎麼一
回事，他會選擇相信安妮。只要能再飛到宇宙，哪怕找不到

外星人也無所謂！

　　就像晴天霹靂一般，蘇珊突然宣布：「我們今天要帶喬志到附近走走，要到海邊玩。」

　　一聽到這個消息，想到他們的計畫將被破壞，安妮整個愣住了。「媽咪！我和喬志有事要忙。我們想留在家裡。」

　　「我也要研究我那個關於資訊流失悖論的理論。」愛密特酸溜溜地說：「那個沒有人在乎的理論」。

　　「你們別鬧了，」蘇珊一口回絕安妮和愛密特的提議：「喬志大老遠到我們家作客，不是只為了在樹下跟你們聊天。」這時，電話響起，蘇珊跑過去接電話。「喬志，你的電話。」接著，蘇珊把電話筒遞給喬志。

　　「兒子！」喬志老爸沙啞的聲音從聽筒傳來，聽起來好像從很遠很遠的地方喊過來。「沒事，我只是要跟你說，我們已經抵達南太平洋的吐瓦魯了！我們正準備要上船，前往某個環狀珊瑚島。你呢？你那邊怎麼樣？」

　　「我很好！我和艾瑞克、蘇珊、安妮，以及一個叫愛密

特的男生在一起——」話還沒說完就斷線了，喬志只好垂頭喪氣地把電話還給蘇珊。

「別擔心，我相信你爸爸會再打來的。」蘇珊向喬志保證：「他們知道你沒事就好了。走吧，我帶你們出去玩！」

安妮對喬志扮出一個百般無奈的表情。看來他們躲不掉了，只能乖乖順著蘇珊的安排。蘇珊為喬志安排了一系列的密集活動，去了遊樂園、游泳池、海豚保護區，還有海邊。連續好幾天，他們從早玩到晚，行程塞得滿滿的，根本沒有機會把卡斯摩從祕密基地偷出來，更不用說修理卡斯摩；而且，愛密特這個小跟班老是黏在安妮和喬志屁股後，他們根本沒辦法擺脫他，仔細研究那張外星人紙條。一天，他們好不容易逮到一個千載難逢的機會——他們把自己反鎖在洗手間裡面，認真研究那張紙條。

「所以，這是一個人，這個箭頭一定表示這個人要到某個地方去。可是，是到哪裡呢？」安妮說。

「嗯，這個人要去……」喬志說：「這一串小點繞著一個比較大的點打轉。我知道了！這些小點就是繞著太陽運轉的行星，而太陽就是中心那個比較大的點。箭頭指向第四個點，表示這個人要去太陽系的第四顆行星，也就是——」

「火星！」安妮說：「我就**知道**！這件事**果然**和荷馬有關。這個訊息表示我們必須要去火星，然後——」

「等等，可是剩下的妳要怎麼解釋？」喬志問：「為什麼這個人會被畫叉叉？」

「也許是表示如果這個人**沒有**去火星會有的下場？」

「如果這個人沒有去火星，那麼，這個長得像火柴棒的東西就會倒下來？」

「長得像火柴棒的東西……」安妮反問喬志：「會不會就是荷馬？如果這個人沒有到火星，荷馬就慘了。快，我們趕快去把荷馬救出來！現在馬上處理！」

　　喬志質疑地說：「安妮，我知道荷馬讓妳爹地失望了，可是，荷馬只不過是個機器人。就算妳說的狀況發生了，他們仍然可以再送一個機器人到火星。我不認為這個訊息可以提出足夠的證據，證明些什麼。」

　　「你看到最後一行了嗎？」安妮帶著毛骨悚然的語氣說：「你不覺得很恐怖嗎？」

　　「如果沒有人到火星拯救荷馬，那麼……」喬志說。

　　「地球會消失不見。」安妮接口。

　　「地球會消失不見？」喬志驚訝得大叫。

　　「沒錯，地球會消失不見。」安妮肯定地說：「那個訊息就是這個意思。我們必須到火星把荷馬救出來。如果我們不這麼做，地球將會有一場大災難。」

　　「我們必須讓妳爹地知道。」

　　「我早就試過了，一點用也沒有，不然換你去試。」

　　這時，洗手間的門發出砰砰砰的聲響。

　　「出來！」愛密特大叫：「反抗無效！」

「我真想把他的豬腦袋沖到馬桶裡！」安妮的語氣聽起來不像是在開玩笑。

「不行！」喬志嚴厲地說：「妳不能這麼做。他人並不壞——如果妳耐著性子跟他講道理，妳會發現……」

愛密特又重重拍打浴室的門。

今天，安妮的媽咪終於決定要待在家裡，好好休息個一天。明天將是整個行程安排的重頭戲——艾瑞克要帶所有的小鬼頭去看太空梭發射！他們會到發射臺，親眼目睹太空梭升空。連愛密特也一副樂不可支的樣子，整天喃喃自語，反覆唸著太空梭的指令，背誦著軌道速度的知識。

喬志和安妮兩個也非常期待明天的到來，不過，他們心裡想的是完全不同的兩件事。火箭究竟需要多大的動力才能把太空梭送上天是喬志感興趣的。之前，喬志是藉著卡斯摩的「宇宙之門」才能到太空旅行；明天，一艘貨真價實的太空梭將近在眼前，在他面前發射！至於安妮，她對她的祕密計畫比太空梭發射關心多了。她小聲對喬志說：「跟你說，在我的祕密計畫裡，我們會一起去火星尋找外星人。相信我，我們一定辦得到！」吊人胃口的是，安妮拒絕向喬志解

釋計畫將如何執行。每當喬志進一步問起計畫內容時，安妮老是含糊地搪塞：「一切都在計畫中。時間到了，我自然會告訴你。現在，一切包在我身上，相信我就對了。」這番話讓喬志聽起來覺得很不舒服，在這個時候，喬志寧願跟愛密特講話，也不想跟這個神祕兮兮的安妮多費唇舌。

雖然如此，安妮愈幻想自己是個神祕偵探，專門調查外太空案件時，喬志愈想知道外星人的訊息到底是什麼意思，以及它從何而來。喬志試著從艾瑞克那邊探聽些蛛絲馬跡，不過一切都徒勞無功。

「喬志，」艾瑞克耐著性子解釋：「很抱歉，我不相信外星人導致荷馬失靈，也不相信外星人要摧毀地球。我不相信這些猜測，所以，這些問題就此打住。我現在比較關心如何解決目前的問題，例如，送另一個機器人到火星，繼續完成荷馬的工作。事實上，荷馬失常讓全球太空局的工作人員一個頭兩個大，我們必須努力度過這個難關。對不起，並不是每個人都像你和安妮一樣，如此熱中太空旅行，有些人甚至不覺得太空旅行有任何價值。」

「太空旅行怎麼會沒有價值？」喬志焦急地說：「要不是人類曾到過太空，我們又怎麼會發明那些太空物品？」

有許多我們在地球上使用的東西，是由於太空科技的進展而改進或發展出來的。這裡所列的只是其中一部分：

★ 空氣濾淨器
★ 防霧滑雪鏡
★ 自動胰島素注射泵
★ 骨質分析技術
★ 高級汽車煞車來令片
★ 白內障手術器具
★ 複合材料製成的高爾夫球桿
★ 防腐蝕塗層
★ 吸塵器
★ 地震預測系統
★ 節能空調系統
★ 防火材料
★ 火燄偵測器
★ 平面電視
★ 食物包裝
★ 冷凍乾燥技術
★ 高容量電池
★ 家庭保全系統
★ 核磁共振影像的改進
★ 鉛中毒偵測

★ 微縮化的電路
★ 消音器
★ 汙染檢測裝置
★ 可攜式X光裝置
★ 可程式化心率調節器
★ 防護衣
★ 放射性外洩檢測器
★ 機械手臂
★ 衛星導航
★ 改良的校車設計
★ 防刮鏡片
★ 汙水處理系統
★ 吸震頭盔
★ 煙囪監測器
★ 太陽能系統
★ 風暴預警系統（都卜勒雷達）
★ 不需雪鍊的冬季防滑胎
★ 游泳池的淨水系統
★ 牙膏管

「還有一件事，」艾瑞克不理會喬志，溫和地繼續說：「就算我們能把卡斯摩修好，我也不認為我們可以安全地使用卡斯摩的宇宙之門進出火星。你想一想，如果卡斯摩突然故障了，我們無法立刻重新啟動它，到時候該怎麼救出正在太空勘查的太空人？喬志，荷馬只是個機器人，不值得冒險去拯救它。」

「可是，外星人的訊息上面說地球會滅絕？」喬志依然不死心。

「這種說法有些異想天開，這種地球會滅絕的說法太多了。別再想這件事了。我會想辦法解決荷馬的問題，把荷馬修好。總之，至少還要好幾十億年太陽才會到達它壽命的終點，所以在這幾十億年之內，地球還不會滅亡。你就別再擔心了。」

趁著艾瑞克埋首他的研究工作、蘇珊出門辦事、愛密特沉迷於他的線上模擬器時，安妮逮到機會，連珠砲般下了一大串命令：「機會終於來了！我們終於可以執行我的祕密計畫了。一起來吧，喬志，要快點，我們時間有限！明天之前，我們**必須**讓卡斯摩起死回生。」安妮一溜煙跑上樓梯，溜進她爸媽的房間。

　　喬志跟在後頭，抱怨說：「妳終於打算告訴我妳的計畫了？妳老是說『時間到了我自然會告訴你，你目前什麼都不用知道』。我受夠這句話了。我大老遠跑來是因為妳說妳需要我幫忙。可是到目前為止，妳幾乎沒跟我談論到妳的計畫。」喬志一股腦兒發洩他的不滿。

　　安妮從艾瑞克和蘇珊的房間走出來，手裡拿著一個金屬盒子，低聲說：「喬志，對不起！我不是故意的，我這麼做是因為我不希望你跟愛密特洩漏我們要去外太空，尋找外星人的祕密。」

　　「我才不會這麼做！」聽到安妮不相信自己，讓喬志覺得很受傷。

　　安妮把卡斯摩帶回自己的房間，把它放在桌上，宣布道：「卡斯摩在裡面。這裡是鑰匙。」安妮從脖子上的項鍊掏出一支小鑰匙，打開盒子，取出那個熟悉的銀色手提電腦。接著，她鎖上盒子，再把盒子放回爸媽房間的衣櫃。

　　「妳怎麼拿得到鑰匙？」安妮回來的時候，喬志忍不住問。

「我借來的，」安妮神祕兮兮地說：「在我啟動卡斯摩，拿到外星人的訊息後，爹地決定把卡斯摩鎖起來不讓我碰。可是，他萬萬沒有想到我有多聰明。」

「或者是有多狡猾？」喬志接口。

「隨便你怎麼說。咱們動手吧。」

安妮打開電腦，插上插頭，在鍵盤上按下 ENTER 這個通往宇宙的神祕鍵，可是卡斯摩毫無反應。她不死心，再按一次，螢幕仍然一片空白。

突然，臥室的門開了！一個探頭探腦的人影在門外徘徊。

「你們在裡面做什麼？」愛密特問。

「沒什麼！」安妮跳起來，企圖擋住愛密特的視線，可是他已經溜進房間裡了。

愛密特威脅地說：「你們鬼鬼祟祟在這裡做什麼？如果妳不告訴我，我就跟妳爹地和媽咪說……」

「說什麼？」

「你們正在做的事，還有……你們不讓我……以及妳爸爸媽媽知道的事。」

「你又不知道我們在做什麼？」

「我怎麼會不知道？這臺電腦就是你們說的那臺威力強大卻不能再用的電腦。我一直在注意妳和喬志。你們以為我不知道，其實你們的祕密我都聽到了。」

「你這個卑鄙小人！」安妮尖叫，同時往愛密特撲去。

「我恨妳！」愛密特也不甘示弱地大叫，和安妮扭打成一團。「我才不想到佛羅里達度什麼鬼假期！我想跟著我爸爸媽媽去矽谷。這是我這輩子以來最慘的暑假了！」

「**你們兩個！統統給我閉嘴！**」喬志扯開喉嚨大吼。

安妮和愛密特瞠目結舌盯著喬志，完全忘了他們正在打架。他們很訝異平常一副好脾氣的喬志，竟然也有火冒三丈的時候。

「你們兩個真是太可笑了。愛密特已經因為這個無聊透頂的假期而悶壞了，你們還為這麼點雞毛蒜皮的事打起來，真是沒事找事做。聽著，愛密特，你是電腦天才，對吧？」

「無庸置疑。」愛密特繃著臉回答。

「安妮，電腦不是出問題了嗎？妳為什麼不**好好地**請教愛密特？問他是不是可以幫忙修理卡斯摩？搞不好愛密特很樂意幫忙，如此一來，你們也不會再打架了。」

「最好是這樣。」安妮不情願地嘀咕。

「安妮，妳解釋整件事的來龍去脈。」

安妮指著床上那臺銀色的手提電腦說：「這是一臺電腦——」

「白癡都看得出來。」愛密特皺著眉頭回答。

安妮不理會愛密特的挖苦，繼續解釋：「它可以執行很特殊的任務，例如，打開一道到宇宙任何角落的門。」

「我看妳是胡說八道。」愛密特嗤之以鼻反駁。

「不，安妮說的是真的，」喬志接口：「這臺電腦叫卡斯摩，它是艾瑞克發明的。它有無窮的威力，可是去年我們不小心把它弄壞了。艾瑞克需要卡斯摩，而我們需要你讓它再次正常運作。你覺得你可以讓它起死回生嗎，愛密特？」

「我去拿我的電腦工具箱來試試！」愛密特笑得合不攏嘴，衝出門去。

「其實，他人沒有妳想的壞，」喬志對安妮說：「給他一個機會試試。」

「只有一**次**機會。」安妮嘀咕道。

愛密特帶著一堆硬體、光碟片以及各種不同尺寸的螺絲起子回來。他把東西整整齊齊排成一列，開始檢查卡斯摩。喬志和安妮靜靜在一旁觀看，愛密特全神貫注檢查卡斯摩，臉上自以為是的表情慢慢消失了，眉頭卻漸漸皺了起來。

「哇！我還沒碰過我沒辦法擺平的電腦！」

「你可以救卡斯摩嗎？」安妮小聲地問。

愛密特看起來有些沮喪：「唉，這套硬體棘手到不行，我以為量子電腦只是理論，沒想到……」愛密特低頭繼續嘗試其他的方法。

屋內不斷傳來花園裡陣陣的蟬鳴聲，突然，一個很微弱的聲音傳進大家的耳朵，那個聲音小得讓人誤以為它不存在。「那是什麼聲音？」

「噓，別出聲！」安妮說。在場的人全都聽到了一個非常小的**嗶嗶聲**。他們靠近卡斯摩仔細一瞧，發現卡斯摩的一側正發出一道黃色的小燈光，原本空白的螢幕出現了一條細細的長線。

「愛密特！」安妮尖叫，熱情地給愛密特一個擁抱，愛密特則是一張撲克臉，閃了開去。「你辦到了！我要看能不能跟卡斯摩說話。」安妮湊近卡斯摩的螢幕，苦苦哀求說：「卡斯摩，求求你回來！我們**需要**你。」

卡斯摩的螢幕閃了一下，又失去動靜，不一會兒，嗶嗶聲又傳出來了——一次，兩次，螢幕的正中央出現另一條橫線，橫線接著化為一條彎彎曲曲的線條，幾秒後，曲線又變成一個圓，然後消失不見了。

「怪了。」愛密特緩緩地說。他下了幾個指令，按了幾個鍵後，坐回椅子上。

終於，卡斯摩發出呼呼的旋轉聲，開口說話了。

「1010111110000010，」卡斯摩說。

喬志和安妮吃驚到說不出話來，他們沒想到卡斯摩可以起死回生，而且，他們萬萬沒想到卡斯摩說的竟然是他們聽不懂的語言。

「11000101001，」卡斯摩繼續說。

安妮扯扯愛密特的上衣，慌張地問道：「你對它做了什麼了？外星人訊息怎麼不見了？」

「好厲害的超對稱弦！」愛密特不由自主地讚嘆：「它現在說的是二進位語言！」

「那是什麼東西？」喬志問。

「一種以二為基數的進位制，」愛密特解釋：「這是一套二進位的系統，所有電腦內部都使用這套系統。」

喬志正想要在螢幕上下指令，一聽到卡斯摩發出尖銳刺耳的一長串「1010001010111010101000101010101011010100 00010010101」，不禁嚇得退後好幾步。

「怎麼了？」安妮問：「卡斯摩到底發生什麼事了？為什麼它說的話我們一句也聽不懂？」

「這臺電腦正在跟你們說話，可是你們不瞭解它說的話，那是因為──」愛密特慢條斯理地解釋：「卡斯摩用它

二進位編碼

平常我們使用的數字系統以 10 為基礎。數字從 1 數到 9 之後再把 1 移到下一個欄位來表示有一組「10」。然後在 99（9×10加上9×1）之後，再加上一欄來表示有多少個「100」（10×10）；而在 999 之後又以同樣的方法來表示多少「1000」，並以此類推下去。

在二進位系統中以 2 而非 10 為基礎，所以每個欄位表示的都是 2 的倍數如 2、4（2×2）、8（2×2×2）等。例如十進位裡面的 3 用二進位表示就變成了 11（1×2 加上 1×1）。而十進位裡的 1 到 10 表示成二進位則分別為 1、10、11、100、101、110、111、1000、1001、1010。

早期的程式設計師使用二進位的原因，是因為這樣一來只需要使用「開」、「關」這兩種狀態就能設計電路，比起使用多種不同的狀態來得簡單。以二進位編碼的話，電腦電路系統就只需要辨認開、關兩種狀態，例如以「0」來表示關、以「1」來表示開。這樣一來，不管是多麼複雜的運算都可以轉譯成電腦裡的開關電路。

底層的系統，也就是電腦語言下層的語言在跟你們說話，而這種語言就像是未被處理過的語言。」

「1101011！」卡斯摩歡呼。

「我的天呀！」安妮倒抽了一口氣：「如果卡斯摩變成嬰兒，只會發出幾個音，我們該怎麼辦才好？」

卡斯摩發出咯咯的聲音，接著哈哈大笑。

「看吧，小嬰兒卡斯摩會說『噴！搭搭！嘍嘍』，」安妮繼續說。

「妳說對了。」愛密特專注地盯著卡斯摩的螢幕，完全

沒注意到他剛才竟然沒有和安妮唱反調。「我再試試其他的方法。我看看它懂不懂 Basic 這個程式語言。」

「曲那曲那曲那曲那，」卡斯摩說。

愛密特把一片光碟插入這臺超級電腦。「我正在幫它升級。卡斯摩就像活在這個時代的古代人，所以我要幫它更新一些軟體。我試試看 Fortran 95。」

「真的。不。結束。執行，」超級電腦冒出這幾個字。

愛密特又試了一次。卡斯摩的視窗暗了下來，電路發出嘶嘶的聲音。「卡斯摩正狼吞虎嚥地把光碟片裡的資料往肚子裡塞。很詭異吧？」

終於，卡斯摩說點人話了。「啥？」卡斯摩問。

「卡斯摩！」安妮興高采烈地大叫：「你回來了。這真是天大的好消息！現在，請你打開宇宙之門，愈快愈好，我要去——」

「哼哼哼，」卡斯摩懶洋洋地回應。

　　喬志也跳下來幫腔：「卡斯摩！拜託啦。我們這次遇到的麻煩非同小可。求求你幫我們這個忙。」

　　「好吧，我現在『秀逗』了，待會兒，」全世界最聰明的電腦回答。

　　「你說你在做什麼？」喬志一個字一個字問，同時彎下腰瞧瞧卡斯摩究竟怎麼了。

　　「喂，你，別碰我！」卡斯摩突然大吼大叫：「別往我臉上瞧，老兄，麻煩尊重我的個人隱私。」

　　「我們有困難了。」喬志耐著性子，企圖再解釋一次。

　　「住嘴，」卡斯摩打斷喬志：「我現在忙得很，沒空『鳥』你，還有，你不要看『偶』『滴』螢幕，不要想動我一根汗毛。」

　　「卡斯摩……」安妮柔聲安撫：「你為什麼不開心呀？」

　　「我只是不想把口水浪費在你們這些『老古板』身上。不過，妳和剩下那兩個不一樣，妳比他們好多勒。」

　　「聽到你這麼說，真爽！可是，卡斯摩，你這臺酷電腦，現在的情況『粉』緊急。我爹地快開天窗了，因為有人把他的機器人整慘了。」

　「怎麼搞的？」終於，意興闌珊的卡斯摩打起精神，露出感興趣的語氣了。

　站在一旁的喬志和愛密特聽得一頭霧水。

　「你這臺萬事通電腦，可以幫我找到是誰搞的鬼嗎？」

　「安啦，包在我身上。」卡斯摩胸有成竹地回答。

　安妮轉身沾沾自喜看著喬志和愛密特。

　「卡斯摩說我和你們不一樣！」正當安妮樂得飄飄然時，她突然轉移話題：「看……」安妮倒吸了一口氣：「宇宙之門！」

　　卡斯摩的螢幕射出一道光，房間一側的牆壁上出現宇宙之門，喬志和安妮就是靠著這道宇宙之門到太空旅行。

　　敞開的大門後是一片繁星點點的夜空，而這些星星比在地球看到時還更閃亮。同時，一個紅色的行星映入眼簾。

　　喬志往前，正準備再靠近一步，但門卻砰地一聲關上了。門上貼著一張斗大的紙條，上面潦草地寫著「**閃遠一點**」這幾個大字。門後則發出震耳欲聾的電子樂，把在場的喬志、安妮、愛密特嚇

了一大跳。

　　「安妮，怎麼了？」喬志問。

　　「我也不清楚，可是卡斯摩很像國中的學生，我的意思是，它喜歡耍酷，用些青少年的口頭禪引起別人注意。」

　　「那些學生幾歲？」

　　「我猜大概十四歲吧，怎麼了？」

　　「最剛開始，卡斯摩是牙牙學語，儘管愛密特有幫它升級，可是升級並不完全，所以，現在的意思是——」

　　安妮接口說：「卡斯摩現在是個**青少年**。」安妮的口氣

聽起來既期待又怕受傷害。

「你爹地如果知道會怎麼反應？」

「我想，我們最好不要讓他知道這件事。至少，就現在這個狀況，什麼都別說。」

這時，三個人聽到一樓的前門打開了。一察覺到有異樣，安妮機靈地命令道：「愛密特，快！把卡斯摩關上！」

二話不說，愛密特把卡斯摩關上，連忙把它塞到安妮的床下。腳步聲愈走愈近，當艾瑞克打開房門時，三個小朋友乖乖坐成一排，安安靜靜看著他寫的書。

「看到你們三個安安靜靜的，可真叫人欣慰。」艾瑞克下了這個評語。

安妮把手搭在愛密特的肩膀上，「是呀，我們現在是朋友了，不是嗎？」安妮輕輕戳了愛密特一下，在他耳邊發號施令：「講話。」

「沒錯，這個我可以作證，」愛密特恍惚地回答。顯然，卡斯摩的宇宙之門讓他太震撼了，他還沒有回魂。

「很好，很好。」艾瑞克說：「你們正在看我寫的那本《時空的大尺度結構》呀？看了之後有什麼心得感想呢？」

「很有趣，」喬志禮貌地回答，事實上，他一個字也看

不懂。

　　這時，愛密特已經回到現實世界了，並且主動表示願意幫忙：「在一百三十六頁的地方，有一個錯誤。」

　　「真的嗎？」艾瑞克笑著回答：「從來沒有人指出這個錯誤，不過，這並不表示你是錯的。」

　　愛密特自告奮勇繼續說：「我可以建議你該如何修改嗎？」

　　安妮哼地一聲，喬志嚴厲地看了她一眼，安妮立刻改口：「我的意思是，你真厲害，愛密特。」

　　「很好。我原本打算帶你們出去吃冰淇淋，可是，如果你們都在認真看書，那麼，我就不吵你們了──」

　　「冰淇淋！」安妮和喬志跳了起來。愛密特仍然坐在床上，目不轉睛讀著《時空的大尺度結構》。

　　「回到地球了，愛密特！」安妮說：「冰淇淋！你知道的，那種冰冰甜甜的點心，小朋友的最愛！走，我們去吃一球吧！」

　　「你們真的要讓我跟？」愛密特的視線從書本移上來，不可置信地問。

　　「當然了！」安妮和喬志異口同聲回答。

第七章

　　隔天是個風和日麗的日子，這種好天氣再適合上太空不過了。安妮一大早就把喬志和愛密特挖出被窩，興高采烈地在喬志耳邊大呼小叫：「今天是太空梭日！」喬志呻吟了一聲，拉起毯子往被窩裡面鑽，一點都不想理會安妮。「起床了啦，快點起床了！」安妮拉走喬志的毯子，披上毯子在房間裡活蹦亂跳。「今天是我有史以來最期待的一天！」

　　愛密特在床上坐得筆挺挺的，「真高興，我可以——」話還沒說完，愛密特就跳下床，跑進浴室去了。

　　安妮拉起喬志的一隻手，硬生生把想賴床的喬志拉起身。愛密則特搖搖晃晃地從浴室走回來，臉色仍然顯得有些蒼白。

　　「到樹上集合！」安妮下令：「就是現在！我們有計畫要執行。」

　　三個人連睡衣都沒換，連忙偷偷摸摸溜下樓，來到陽臺。喬志矯健地往樹上爬去，安妮緊跟在後，愛密特一個人無助地站在樹下。

　　「上來呀，愛密特！」安妮說。

　　「不行。」愛密特沮喪地說。

　　「為什麼？」

　　「我不會爬樹。我從來沒爬過樹。」愛密特老實承認。

　　「喔，天呀！」安妮聽到後幾乎要暈倒：「真搞不懂你都在做些什麼？」

　　「我都自己一個人寫電腦程式……」愛密特難過地據實回答。

　　安妮大大嘆了一口氣，喬志二話不說，一個箭步跳到樹下，抓起愛密特，把他往上推。喬志奮力把愛密特從下往上推，安妮則是奮力將愛密特往上拉，在兩個人合力拉扯下，愛密特發出有如殺豬的慘叫；幸好，愛密特終於爬上一根大樹枝了。愛密特往地面偷看一眼，滿是緊張害怕。

「聽好了，我們今天要去冒險，」安妮帶著嚴肅的口吻對愛密特說：「要勇敢面對一切未知的事物，這一次，希望我們能成功拯救地球。所以，你不能動不動就掉淚、歇斯底里亂叫、或是找我媽咪討救兵。知道了嗎？」

愛密特緊抓著樹枝，用力點頭，虛心地說：「我聽懂妳的意思了，安妮。」

「現在，你是我們的朋友了。如果有事，只要跟我或喬志說，不要再去找大人了。」

「好，我答應妳。」愛密特靦腆地說：「你們真好，願意把我當朋友，我之前連一個朋友都沒有。」

「好啦，現在你一口氣有兩個了。」喬志說。

「我們需要你幫忙，」安妮補充：「你在這個計畫裡扮演超級重要的角色。愛密特，千萬不要讓我們失望。」

愛密特深深吸了一口氣，拍胸脯保證：「絕對不會，千千萬萬億億個不會。」

「很好！聽起來很讚，」喬志轉身問安妮：「可是，安妮，我們究竟要做什麼？」

「我們即將展開一趟宇宙探險，各位地球的拯救者，聽好了，準備面對宇宙囉！我的偉大計畫是這樣的：先換下

載人太空任務

「老鷹已經著陸！」

這是 1969 年 7 月 20 號，美國太空人阿姆斯壯以無線電從月球上發回位於美國德州的休士頓任務管制中心的訊息。老鷹號是阿波羅 11 號太空船的登月艙，它從離月球表面 60 英里的軌道上脫離了指揮艙哥倫比亞號。當時太空人柯林斯留在哥倫比亞號上，而登月艙則在稱為寧靜海的區域上成功地著陸；不過月球上沒有水，所以它著陸時並沒有在濺起水花。登月艙裡的兩位太空人——阿姆斯壯與艾德林就成了最早登上月球的人類。

阿姆斯壯是第一個踏出太空艙登上月球表面的人類。尾隨其後的艾德林望向四周漆黑的天際、巨大的隕石坑與厚厚的月球塵，留下了一句感想：「好宏偉的孤寂。」雖然他們很快就必須離開，但還是依照指示，迅速地把一些月球岩石和塵土放進口袋中，以便取得一些月球的樣本。

事實上，他們在月球上待了將近一天，並且步行了將近一公里之遠。阿波羅 11 號史詩般的旅程，至今仍然是人類探索未知的旅程中最具啟發性的旅程之一。今天位於寧靜海北邊的三個隕石坑也分別以這三位太空人的名字，命名為柯林斯、阿姆斯壯與艾德林。

月球漫步

包括阿波羅11號在內，一共有12位太空人曾經在月球上漫步。其實每次的任務都是非常危險的旅程。最明顯的例子就是1970年4月的阿波羅13號任務，由於服務艙發生了爆炸，最後是靠著太空人與地面上的任務管制人員不可思議般的努力才讓太空船安全地返回地球。

 參與阿波羅計畫的所有太空人，包括阿波羅 13 號任務中備受折騰的三位太空人，都成功回到了地球。太空人是受過高度訓練的專家，擁有航行、工程與科學等背景。但是每次發射與操作太空任務都需要許多擁有各式技能的人。阿波羅任務和過去以及往後的所有太空任務一樣，都是藉由幾萬名建造與操作複雜軟硬體人員的合作才得以完成。

 阿波羅任務一共攜回了 840 磅的月球標本以供研究。這些標本讓科學家更了解月球以及月球與地球的關係。

 阿波羅 17 號是歷史上最後一次登月任務，它在 1972 年 12 月 11 號降落在陶拉斯－利特羅山區，並且停留了三天。阿波羅 17 號的組員在離地球 29000 公里之處拍下了完整的地球照片。這張照片被稱為「藍色行星（Blue Marble）」，可能是人類有史以來流傳最廣的照片。自阿波羅 17 號之後，就再也沒有人類離地球這麼遠來拍攝類似的照片。

 第一個上太空的人類
阿波羅任務並不是人類第一次飛上太空。蘇聯太空人蓋加林在 1961 年 4 月 12 號搭乘東方號太空船在軌道上繞行，他才是第一位到達太空的人類。

 在蓋加林歷史性壯舉的六週後，美國總統甘迺迪宣布，他要在十年內讓人類登上月球，而剛成立的航太總署 NASA 的任務就是趕上蘇聯的載人太空計畫，即使當時 NASA 的太空飛行經驗加起來才 16 分鐘。讓人類首度登上月球的太空競賽就此展開。

載人太空任務

水星計畫、雙子星計畫和太空漫步

水星計畫是為了驗證人類是否能在太空生存的單人太空人計畫。1961
年艾倫 謝波德成為首位進入太空的美國人,他在太空中進行了 15
分鐘的次軌道飛行。次年,約翰 葛倫則成為第一個進行地球軌道飛
行的 NASA 太空人。

接著 NASA 又進行了雙子星計畫。雙子星計畫是個非常重要的計畫,
因為它教導太空人如何讓飛行器在太空中進行接合,同時讓太空人進
行太空漫步(又稱為艙外活動 Extra vehicular activity,簡稱 EVAs)等
活動。但是人類史上的第一次太空漫步是由蘇聯太空人列昂諾夫在
1965 年所完成。但是後來蘇聯並未能登陸月球,而是在 1969 年將這
項榮耀讓給了美國人。

第一個太空站

在登月競賽結束後,很多人開始失去了對太空計畫的興趣。不過蘇聯
和美國仍然持續執行許多大型的計畫。蘇聯有一個極機密計畫稱為阿
瑪斯(Almaz,意為鑽石),目標是建造一個繞地球軌道運行的載人
太空站。在第一次的嘗試失敗後,後來的禮敬三號和五號中取得了一
些成功,但是這些太空站都無法維持超過一年。

美國人在 1973 年發展出他們自己的版本——太空實驗室(Skylab),
這個太空站一共在軌道上運作了 8 個月。太空實驗室上面有一座望遠
鏡讓太空人能用來觀測太陽,並為我們帶回了太陽閃燄和太陽黑子等
太陽的 X 光照片。

在太空中握手

在 1970 年代中期,蘇聯和美國正處於緊張對峙的冷戰期間。這兩大
陣營雖然並未實際上對戰,但是對於彼此卻極度厭惡與不信任。不過
在太空中這兩個國家已經開始進行一些合作。1975 年的阿波羅一聯合
計畫就是這兩個敵對強權在太空中的首度合作。美國的阿波羅號太空
船和蘇聯的聯合號太空船在太空中進行了對接,同時美國太空人與蘇
聯太空人(當時他們在地球上可能很難私底下見面)互相與彼此握
手。

太空梭
太空梭是一種新型的太空船。和以往的太空船不一樣的是,它可以
重複使用,它的設計讓它可以像火箭一樣衝上太空,然後再滑翔回
到地球並且像飛機一樣降落在跑道上。太空梭也
可以載著太空人進入太空。美國的第一艘太空
梭哥倫比亞號在 1981 年發射。

國際太空站
1986 年,蘇聯發射了和平號太空站(Mir,
意為世界或和平)。過去繞行地球的太空站
中,沒有一艘比和平號更為精巧巨大。它花了
10 年才在太空中建造而成,目的是作為太空實驗室讓太空人能夠
在接近無重力的環境下進行實驗。和平號大約有六台巴士大,可以
同時容納三到六名太空人。

國際太空站在 1998 年開始建造,每 90 分鐘繞行地球一周。國際太
空站是國際合作的象徵,來自許多國家的科學家和太空人一同負責
它的運作並且在上面進行研究。國際太空站由 NASA 的太空梭、俄
羅斯的聯合號太空船,以及歐洲太空總署的自動運輸載具負責補給
維修。太空站的乘員也擁有常設的脫逃載具以供緊急撤離所需。

未來
目前的太空梭將在 2010 年除役,屆時國際太空站的補給和乘員替
換將由俄羅斯的聯合號和進步號太空船負責。

而 NASA 則正在發展一種命名為獵戶座的太空船,希望它能帶著我
們回到月球,甚至是更遙遠的紅色行星——火星。

還有一種全新的太空旅行形態也逐漸成真。在未來,「太空觀光
客」可能可以進行短暫的次軌道飛行。或許有一天,我們將能夠在
月球上度假。

睡衣，把卡斯摩打包好，去找我爹地，然後到全球太空局。那邊是一切的起點。」在安妮的計畫裡，全球太空局是第一步，他們要先到全球太空局的發射臺看太空梭起飛。

全球太空局在美國有好幾個部門，每個部門負責不同的太空飛行專業。佛羅里達的部門負責發射太空梭以及無人駕駛的宇宙探測器；德州休士頓的部門接管載人太空飛行器發射後的控制工作；加州的部門負責無人太空船的任務控制。艾瑞克固定在佛羅里達州的部門工作，偶爾會到其他部門出差，如此一來，艾瑞克一家人可以省去時常搬家的麻煩。

一旦安妮、喬志、愛密特到達全球太空局後，他們必須先找到艾瑞克存放在全球太空局的太空衣。外太空氣溫太低了，少了太空衣他們會凍死在那裡，而且，太空衣配有氧氣與通訊設備可以和卡斯摩溝通。

然而有個棘手的問題：小朋友禁止單獨進入全球太空局。他們三個人都沒有通行證，也沒有交通工具可以抵達全球太空局的辦公大樓。雖然安妮和喬志曾經到過太空旅行，他們卻不知道怎麼駕駛地球上的汽車。唯一能解決這個難題的人非艾瑞克莫屬。可憐的艾瑞克，完全被蒙在鼓裡，

不知道自己是這趟太空冒險的司機，還以為這幾個小鬼頭要在全球太空局乖乖待上一天呢。三個小鬼在離開艾瑞克後要進行的祕密計畫，艾瑞克也是一點都不知情。

「趁著沒有人注意我們的時候——」安妮接著說。

「妳說的『沒有人注意我們』是什麼意思？」喬志打斷安妮：「如果我們不見了，艾瑞克鐵定會知道。」

「不，我爹地不會發現！他會忙著注意太空梭升空的事，壓根兒把我們忘了。到時候我一發號施令，你們就開始跑。我們要先找到太空衣，穿上它們，啟動卡斯摩，透過宇宙之門到達太空。事情沒有想像中困難，真的，只要動手，什麼困難都不會有。愛因斯坦也說了，『千里始於足下』。」安妮搬出愛因斯坦亂謅一通，作為總結。

「我想，愛因斯坦說的是科學理論，」喬志平靜地說：「而不是小孩子單獨在太陽系旅行。」

「如果愛因斯坦在這裡，」安妮不服輸地胡扯：「他一定會說，安妮·貝禮司，妳是我看過所有穿睡衣的小女生中，最酷的一個了。」

「我也要到太空去嗎？」愛密特一臉愁雲慘霧地問：「我的意思是，我真的很想跟你們一起去，可是我會過敏，而

且，我可能會——」

「不，**愛密特**，你負責指揮這趟太空旅行。你留在地球，用卡斯摩指揮我們。你不用擔心會在太空遇到瘋子這種事。這種事不會發生在你身上的。」

「謝天謝地。」愛密特大大鬆了一口氣：「如果我去了，我媽一定會把我殺了。」

「回到主題，**我們**打算怎麼做？」喬志問。

「我們，也就是你和我，要到火星上去。喬志，真相就在火星上，**我們**要去把答案找出來。」

全球太空局這棟大樓的陽臺視野遼闊，完全沒有任何遮住視線的障礙物。喬志、安妮、愛密特站在寬敞的大陽臺上，一清二楚地看到太空梭在沼澤地的另一頭，靜靜等待起飛。直立的太空梭被鋼骨的支架撐著，兩條軌道從發射臺延伸到一棟壯觀的建築物。

「你們有看到那棟大樓嗎？」艾瑞克指著那棟建築物說：「太空船就是在那裡完成升空前的準備工作。這棟大樓稱為運輸工具組裝大樓，內部的空間大到足以容納一艘直立的太空梭。除此之外，這棟大樓也有它的天氣系統——有時

候裡面甚至會有雲層。」

「你是說裡面會下雨？」安妮問。

「妳說對了。如果妳在裡面上班的話，妳需要帶把傘以防萬一。當太空梭準備升空時，太空梭會經由軌道移出這棟大樓，到達發射臺，準備發射。」

和機腹底下那個巨大的橘色燃料箱一比，太空梭看起來好小。黑白相間的太空梭機頭指向天空，大燃料箱兩側接著長長的白色火箭助推器，等著被點燃。

「你們看到了嗎？現在，支撐太空梭的架子移走了，這意味著太空梭出入通道已經關上，所有參與發射準備的機組人員已經撤離。」

「這些跟我的電動遊戲一模一樣，我的電動玩具也會教我怎麼開太空梭。」愛密特炫耀地岔開話題。

「我倒很想試試看，」愛密特身後傳來一個聲音。喬志轉身，看到一位女士，穿著全球太空局的連身藍色服裝，站在他後面。喬志知道這套服裝表示她是位如假包換的太空人。

「沒問題！」愛密特興味盎然地答應：「如果妳今天晚上到我家，我就讓妳玩。我可以教妳。」愛密特看到安妮暗示的眼神，連忙改口：「喔，或許改天，我們現在沒空。如果妳願意的話，妳可以明天過來，如果到時候我們已經到家的話。不，我的意思不是說我們現在要去哪裡，而是——唉呦喂！」

安妮用力撞了愛密特一下。

「我只是想表現出我的善意而已！」愛密特小聲地對安妮說：「我記得妳說過，對人要親切有禮！」

「沒錯！我是這樣說過，」安妮壓低聲音解釋：「可是，交朋友並不是要你在第一次見面時，就一股腦兒把所有的事說

給新朋友聽！」

「那麼我要怎麼和別人成為好朋友？」愛密特的語氣聽起來很挫折。

「聽好，眼前最重要的事是如何拯救地球，知道嗎？至於認識新朋友的注意事項，等到明天我再教你，可以嗎？就這麼說定了，好嗎？」

「好，一言為定，」愛密特一本正經地回答：「看來，這個暑假將會有很多豐富的收穫。」

「可是，妳不是已經知道怎麼駕駛太空梭了嗎？妳不是太空人嗎？」喬志問眼前這位女士這個問題，把被愛密特岔開的話題拉回正題。

「你說得對，我的確是位太空人。我是所謂的『任務專家』。意思是說，我是位科學家，需要到太空做實驗、進行太空漫步、幫忙建設部分的國際太空站。我的確有接受駕駛太空梭的訓練，不過實際上那不是我的工作。機長和其他飛行員會負責駕駛太空梭到國際太空站停靠。抵達國際太空站之後，我的任務才真正開始。」

「當妳在國際太空站的時候，妳真的會飄在半空中嗎？」安妮問。

「是的，飄在半空中很有趣，然而，連吃喝這種易如反掌的事，也變得相當困難。我們喝東西要用吸管，吃的食物也都是裝成一袋一袋。我們打開包裝，插入叉子，然後只能希望叉子上的食物不會跑掉，飛得到處都是。」

「你們會搶食物嗎？」喬志問：「我猜那個場面一定很有趣！」

「你們怎麼上廁所？」愛密特一臉不解：「在低重力的情況下上廁所，不是很困難嗎？」

「愛密特！」安妮尖著嗓子抗議：「真是對不起，他不該問這麼丟臉的問題。」安妮連忙向這位女太空人道歉。

「喔，不不不，一點關係都沒有，」女太空人笑著回答：「我一點也不介意妳弟弟問的問題。」

一聽到自己被誤認為愛密特的姊姊，安妮一臉嫌惡，覺得渾身不對勁。

「每個人都會問我太空廁所的問題。沒錯，剛開始的確很不容易處理，需要一些技巧，所以我們需要接受訓練，學習如何在太空使用廁所。」

「要成為太空人竟然也要接受大小便訓練！」
愛密特滿臉通紅地大聲嚷著。

「這是眾多訓練之一，所有的訓練都是為了讓
我們能在太空中順利執行任務。」女太空人收起開
玩笑的態度，換上嚴肅的口氣：「在太空停留的那
兩個星期，為了能順利完成我們的工作，我們必須
花好幾年的時間接受訓練。我們要學會如何處理無
重力的狀態、如何操作太空梭的機械手臂，以及如
何使用所有一切複雜的電子機械設備等等。對了，
你們長大後會想當太空人嗎？」

「或許，」安妮回答：「不過也要看狀況。
嗯，我以後想成為一位物理學家，**也**想成為一位足
球員。到時候，我可能沒多餘的時間接受訓練。」

「你們兩個呢？你們會想要飛到太空嗎？」

「喔，是啊，我最想做的事就是到太空去。」
喬志回答。

愛密特搖搖頭：「我不行，我會暈機。」

「沒錯，我們都見識過了，」安妮抱怨。到這
裡來的路上，愛密特暈車了，差點吐在安妮的帆布

背包上──那個放著卡斯摩的背包。好險安妮及時把背包挪開，同時把愛密特的頭推向窗外，否則後果將不堪設想。雖然愛密特沒有吐在車子裡，暈車仍然是一件讓人覺得不舒服的事。

這時艾瑞克在他們身旁出現了，一臉擔心。「哈囉！」艾瑞克向女太空人打招呼：「我叫艾瑞克。艾瑞克‧貝禮司，隸屬於火星科學研究室。」

「你就是鼎鼎大名的艾瑞克？我是珍娜，真是久仰大名！你研究的太空生物真是個了不起的計畫。對於荷馬在火星上可能會有的發現，我們都拭目以待，我可是迫不及待想要知道結果了！」

「嗯，是……」艾瑞克欲言又止：「嗯，我們……也很期待……。對了，想必妳已經認識這些小朋友了？」艾瑞克一邊說，一邊調整手上的無線呼叫器，緊急事件發生時──不管是地球還是火星，他可以立刻知道。

「對，我已經認識他們了。他們都是你的小孩嗎？」

「喔，不，不，不，只有安妮而已，那個金髮的女孩，剩下那兩個是撿來的。」艾瑞克開玩笑地說：「他們是安妮的朋友，一位是喬志，一位是愛密特。」不料，艾瑞克手

上的呼叫器突然嗶嗶作響。艾瑞克看著呼叫器，自言自語地說：「哦，塌縮的星球！」他攢頭對珍娜說：「發生緊急狀況了，我必須立刻趕到控制室。」

「我可以幫你看著這幾個小孩。我保證他們不會有事的。」三個小鬼不安地挪動腳步，顯得相當心虛。「你忙完後可以用呼叫器通知我，我再告訴你去哪裡接他們。」

「謝了。」說完，艾瑞克匆匆忙忙衝下樓梯，消失在樓梯口。這時，牆壁上顯示太空梭起飛時間的時鐘又開始動了起來。這個時鐘上的時間常常停下來，等待各項檢查就緒。一切檢查程序非常繁瑣，從太空梭發射系統、太空梭上的電腦、到世界各地的天氣，除非每一項檢查都過關，而且每個人都滿意檢查的結果，否則時鐘上的時間會停滯不動。現在，離發射時間還有幾秒。就在大家一起大聲倒數計時的時候，喬志拉起安妮的手，緊緊握住。

「五……四……三……二……一！」

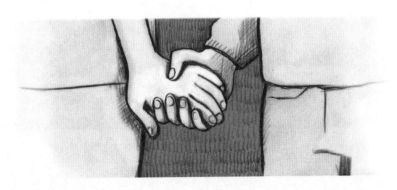

　　像雲層一樣厚的塵埃滾滾不絕從太空梭底層湧出，慢慢
揚起鬆軟的灰白色煙霧。太空梭離開地面時，尾巴發出一道
耀眼的光芒，這道光亮得刺眼，彷彿天空裂開了一個縫隙，
光芒四射的天使從中乍現。太空梭好像被一條無形的線往上
拉，愈爬愈高，在強力火焰的推動下，筆直地往天上衝。

　　「好安靜，」喬志低聲對安妮說：「一點噪音都沒
有。」

　　太空梭無聲無息地展開它的太空之旅，看在安妮和喬志
的眼裡，他們好像關上音量在看電視轉播一樣。不一會兒，
震耳欲聾的噪音傳進幾英里外的喬志和安妮耳裡。一開始是
一陣奇怪的爆炸聲，緊接而來的轟隆巨響好像要把他們整個
人都吞沒。這個聲響大到他們完全聽不到其他聲音，只感到
胸口受到一股猛擊，似乎要被音波推得向後倒退。當太空梭
升上天時，他們甚至可以感覺到引擎的噪音在身體裡迴響。

聲音如何在太空中傳遞

地球上有許許多多彼此非常靠近的原子，原子間會互相碰撞。如果其中某些原子受到了撞擊，它們就會去撞擊附近的原子，然後受到撞擊的原子又會再去撞擊其他原子，於是撞擊就這樣透過大量的原子傳遞出去。許多的小撞擊會形成一連串在材料中傳播的振動。覆蓋在地球表面上的空氣含有許多不斷互相碰撞的氣體原子和分子，這些氣體分子、海洋、我們腳下的岩石，甚至是生活中的各種物體都能夠傳遞這些振動。而那些剛好能夠刺激我們耳朵振動的就稱作聲音。

聲音在物質中傳遞時需要時間，因為原子必需把撞擊逐一傳遞給鄰近的原子。時間的長短視原子間的影響力有多強而定，與材料的特性和溫度等因素有關。聲音在空氣中傳播的速度大約是每 3 秒鐘 1 公里。這個速度比光速慢了一百萬倍，這就是為什麼觀看太空梭發射時會先看到火光，隔幾秒鐘後才聽到噪音的緣故。先看到閃電才聽到打雷也是同樣的原理：打雷是由於突然間的強烈放電現象讓空氣分子產生振動所造成的。在海裡，聲音傳播的速度大約是在空氣中的五倍快。

但是在外太空的情形則非常不同。星球之間的原子非常稀少，所以沒有東西可以碰撞。當然如果你的太空船裡頭有空氣的話，聲音還是可以在裡頭正常地傳播。例如有個小石塊撞擊到太空船的外側時，會造成船殼的振動，然後傳到船艙裡的空氣，所以你會聽到碰撞的聲音。但是你不可能聽到行星或是另一艘太空船所發出的聲音，除非有人將這些聲音先轉換成無線電波（無線電波和光線一樣，傳播時不需要介質），然後你再利用無線電接收機把這些電波轉換成聲音。

自然界也有許多來自太空的無線電波，它們是其他恆星或遙遠的星系所發出來的。有些天文學家研究來自宇宙的可見光，而無線電天文學家則以同樣的方式研究這些無線電波。由於無線電波是不可見的，所以我們通常會利用接收器把它轉換成聲音，因此無線電天文學有時會被當成是在「聽」而不是在「看」。但是無線電和可見光天文學家所做的事其實是一樣的：都是研究來自宇宙的各種電磁波。實際上太空中並不會傳來任何聲音。

　　隨著太空梭離開，太空梭的尾巴也留下一道白煙，在藍
天的陪襯下，那團往上升的白色痕跡形成一個特別的形狀。

　　「好像一顆愛心喔，它好像在說『愛的太空梭』，」安
妮帶著夢幻的語氣說。但不一會她就馬上回神，機伶地環
顧四周，發現所有的大
人仍然目不轉睛往天空
瞧。她抓起喬志和愛密特
的手，「好，我現在開始
倒數，到時候我們就跑！你
們都準備好了嗎？五，四，
三，二，一……」

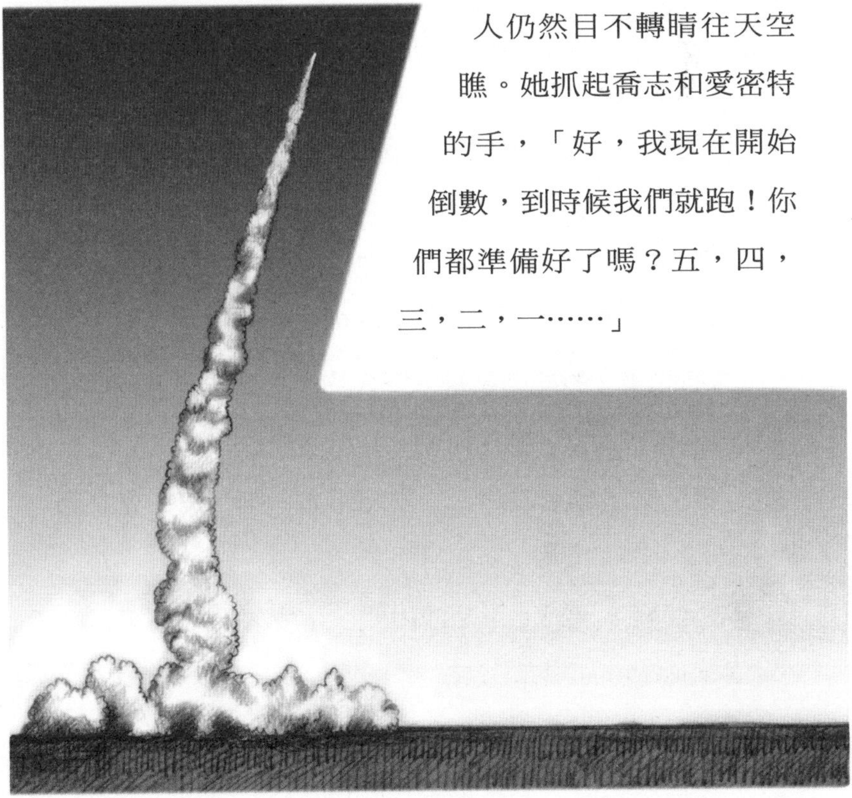

第八章

　　太空梭消失在天際的時間，也是這三個小鬼頭開溜的時刻。他們順著艾瑞克離開的那個樓梯往下走，發現自己好像置身在一個大迷宮裡，一道道長長的走廊，通往四面八方。

　　「我猜應該是這個方向，」安妮遲疑地指示。喬志和愛密特跟在安妮後頭跑著，走廊兩旁的牆壁掛滿了裱框的太空人肖像與圖畫，這些圖畫是太空人的子女為了紀念他們父母所參與的歷次太空任務所畫的。

　　「嗯，試試看這道門。」安妮用力一推，三個人來到一個大房間，裡面擺滿了各種大型機器。

　　「喔喔喔，不對，不是這道門。」安妮迅速往後退，不小心踩到身後的喬志和愛密特。

　　「妳真的知道要去哪裡嗎？」喬志問。

　　「我當然知道！」安妮帶著惱羞成怒的口吻回答：「我

只不過是一時之間搞混罷了。每個地方都長得這麼像。我們要去無塵室。太空衣就存放在那裡。往這邊走。」

　　一想到安妮將帶他到太陽系旅行，喬志的心不禁涼了半截。如果連全球太空局這個安妮說她來過好幾次的地方都會迷路，喬志要怎麼相信安妮可以把他帶上火星再帶回來？

　　但安妮是那種不輕易善罷干休的人。她拉著喬志和愛密特來到另一道門，用力推開。除了房間前方發亮的螢幕之外，房間裡一片漆黑。一位男士正指著土星的圖片，解釋道：「由此可知，土星環是由灰塵和岩石組成，而這些灰塵和岩石會繞著這顆巨大的氣體行星運轉。」

　　喬志想起他上次和安妮坐著彗星環繞太陽系的太空之

旅。他在土星撿了一顆小石頭，偷偷放在口袋。很可惜，學校的老師有眼不識泰山，把這顆寶貴的石頭誤認為一團髒兮兮的泥巴，強迫喬志把它丟進垃圾桶。唉，如果當初沒把那塊石頭丟掉，如果可以把它帶到全球太空局，不知道科學家是不是可以從那塊來自土星的石頭有所發現？

他們來到一個門上寫著「彗星」的房間，可是門鎖著。

「砰砰砰！」安妮的背包傳來聲響。看來卡斯摩已經自行開機了。

「卡斯摩！你不要吵！我們正在找無塵室。我們可不想在這個時候被發現。」喬志說。

「你說我在鬼叫？我哪有？有嗎？」卡斯摩回答。

「噓，安靜點！」喬志制止。

「想跟我跳舞嗎？」卡斯摩五音不全地唱著。

「才不要，你是一臺電腦，我幹嘛跟電腦跳舞？」

「你在唬我？」

「愛密特，想點辦法讓它閉嘴。」安妮要求。

「事實上，現在最好讓它處於開機狀態。一旦把卡斯摩關上了，等到需要它的時候，除非我可以迅速開機，否則到時候會有麻煩。」

「在那邊，」喬志指著門上寫著「無塵室」的牌子：
「太空衣是不是就放在那邊？」

「沒錯！我一看到就想起來了。我從來沒進去過，可是
我知道所有要登陸太空的設備都放在這裡。為了避免小蟲子
或其他東西從地球跑到外太空，這個地方超乾淨的。」

「的確如此，微生物絕對不能藉由任何地球上的機器設
備傳播到太空。否則我們怎麼知道太空真的有生物存在，還
是只是我們地球人在外太空留下的？」愛密特以書呆子的口
吻附和。

安妮跑到無塵室門口。「你們跟我來，不用擔心。大部
分的人正在樓上看太空梭發射，沒有人會在這裡。」

他們原本以為會進到無塵室，沒想到他們竟然站在一條

移動的輸送帶上！隨著輸送帶往前移動，一陣陣強風從四面八方吹來，他們被氣流噴得東倒西歪，又被一大塊纖維布擦得乾乾淨淨，還有刷子從頭頂降下，幫他們刷洗一番。

「發生什麼事了？」喬志扯著嗓門問。

「我們正在『清洗』程序。」安妮也大聲回話。

「討厭！他們把我弄髒了。」卡斯摩大吼。

喬志看到前方有一雙機械手臂把安妮抱起來，把她丟入一件連身的白色塑膠衣後，再套上一頂帽子在她頭上，塞了一副面罩在她臉上，還為她戴上一雙手套。喬志還來不及反應，安妮已經從輸送帶上被推出門外了。喬志跟後頭的愛

密特也受到相同的待遇，以相同的方式被踢出輸送帶，送出門。門外是另一個世界，周遭是一種難以置信的白。

喬志覺得自己好像置身在一排異常潔白的牙齒當中。房間的一邊有一個還在建造的機器人，另一邊的物品看起來好像是半個衛星。現場的每件物品散發著不尋常的明亮，甚至連空氣都比平常稀薄、透明。牆壁上有個標示寫著：十萬。

「那個標示會顯示這裡的空氣有多少粒子，」愛密特從頭盔裡低語：「這裡還不算是最乾淨的無塵室。在最乾淨的無塵室裡，粒子率必須是一萬，也就是說，一立方英尺的空氣不能有超過一萬個粒子，而這一萬個粒子不能比半個微米

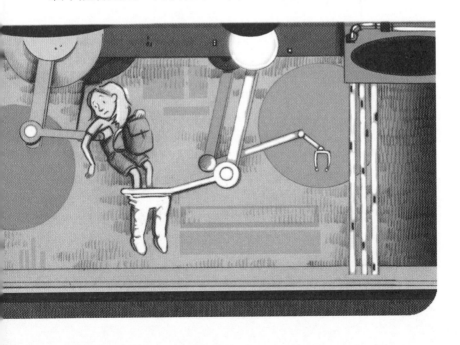

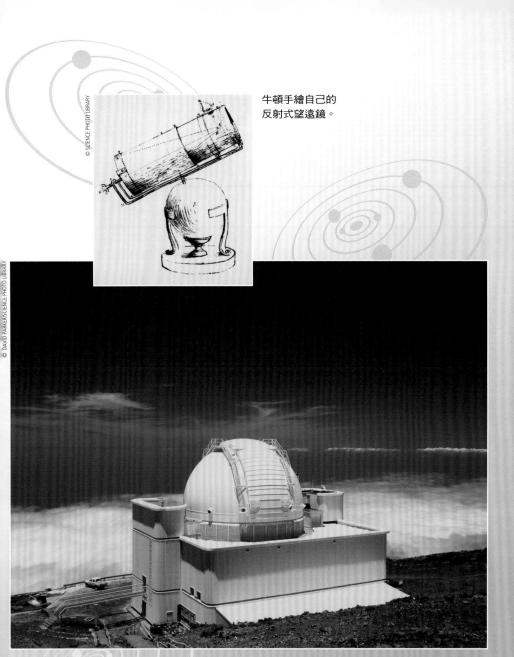

牛頓手繪自己的
反射式望遠鏡。

© SCIENCE PHOTO LIBRARY

© DAVID PARKER/SCIENCE PHOTO LIBRARY

拉帕瑪島（La Palma）上的牛頓望遠鏡圓頂。

從太空中拍攝位於那米比亞（Namibia）的喀拉哈里沙漠。

獅子座流星雨。

地球上拍攝的金星伴月。

發現者號太空梭部署哈伯太空望遠鏡，1990 年。

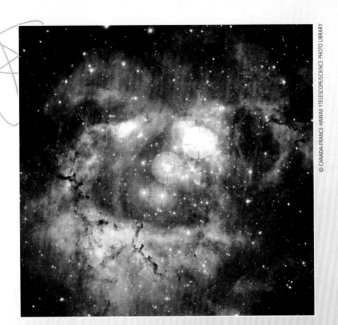

玫瑰星雲（Rosette nebula）的彩色光學影像。

蜘蛛星雲（Tarantula nebula）的光學影像。

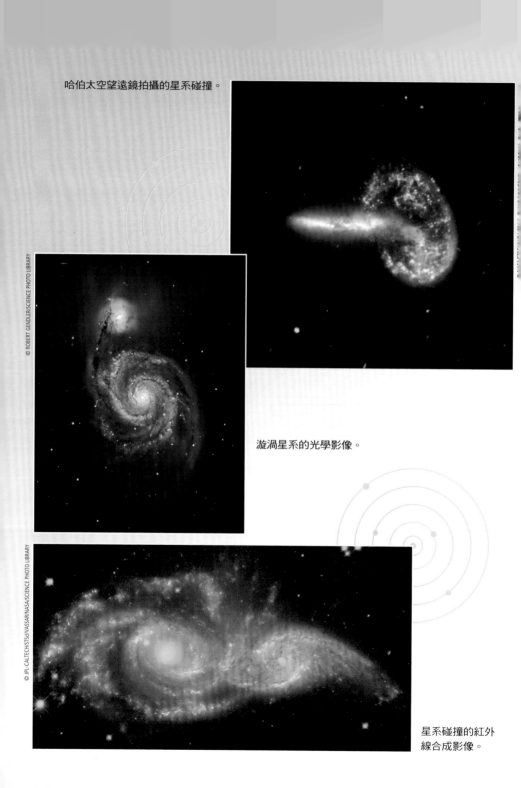

哈伯太空望遠鏡拍攝的星系碰撞。

漩渦星系的光學影像。

星系碰撞的紅外
線合成影像。

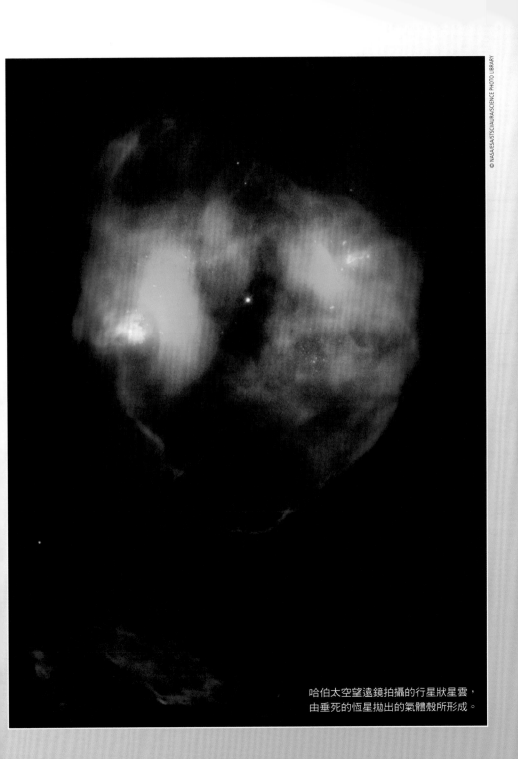

哈伯太空望遠鏡拍攝的行星狀星雲，
由垂死的恆星拋出的氣體殼所形成。

一片由重力顫動顯示出極可能有系外行星存在的星域。

一個巨大的系外氣體
行星繞著一顆位於狐
狸座的恆星運轉的情
景（電腦繪圖）。

大！一微米是一百萬分之一米。」

「那麼，我們乾淨到可以去火星嗎？」喬志問：「我的意思是，如果我們把有生命的東西從地球帶上火星，荷馬發現後會怎麼樣？我們豈不是把荷馬正在進行的研究計畫搞亂了嗎？」

「就理論上而言，是會搞亂荷馬的研究計畫，」一談論到自己擅長的領域，愛密特顯得相當有自信：「可是，這個答案必須符合下列三個條件才能成立。一、卡斯摩可以正常運作；二、你們可以順利抵達火星；三、安妮從外星人得到訊息是真的，也就是地球有被毀滅的危機。如果安妮是對的──雖然我自己覺得可能性很低──那麼要是你不去火星，地球將不會再有生物。所以說也無所謂了。」

安妮在無塵室的一角找到一件亮橘色的太空衣，可是這些太空衣一點都不像他們上次穿去外太空旅行的太空衣。

「這些不是我們的太空衣！」安妮失望地說：「它們是太空梭專用的太空衣，我和我爹地穿的跟這些不一樣。」安妮在那堆太空衣裡繼續尋找：「爹地告訴我，他把太空衣放在這裡保管。我問他，如果有人拿錯衣服了要怎麼辦？爹地說，這種事不會發生，因為他會把這些太空衣標示為**原型太**

空衣，而不是出太空任務穿的太空衣。」

　　愛密特拆下安妮背包的塑膠包裝——剛才在無塵室裡，連安妮的背包也一併清理打包了。他拿出卡斯摩，同時也發現背包裡放著一本《勇闖宇宙使用說明書》。

　　「好了，電腦先生，」愛密特轉著手指的關節：「外星生命大作戰已經展開。喬志指揮官，您要上哪兒去？」

　　「你可以讓卡斯摩開啟宇宙之門嗎？我們必須到火星上，目的地是北極區域，荷馬所在的地方。」喬志說。

　　「找到了！」安妮大叫：「我找到太空衣了！」安妮雙手捧著白色的太空衣，太空衣外層的塑膠袋上標明原型——請勿使用！安妮扔了一件給喬志，「脫下你的面罩，然後把這件衣服穿上。」安妮和喬志使勁把太空衣外層的塑膠套扒開，然後爬進厚重的太空衣內。

　　在一旁的愛密特也忙著把火星的圖片從電腦裡面叫出來，在卡斯摩的螢幕上，這個紅色行星靠他們愈來愈近，愈來愈清楚。很詭異的，卡斯摩竟然反常地沉默。

　　「卡斯摩為什麼都沒吭聲？」喬志問。

　　「我把音量關小了，」愛密特簡潔地解釋：「這是我唯一能想到的辦法。」

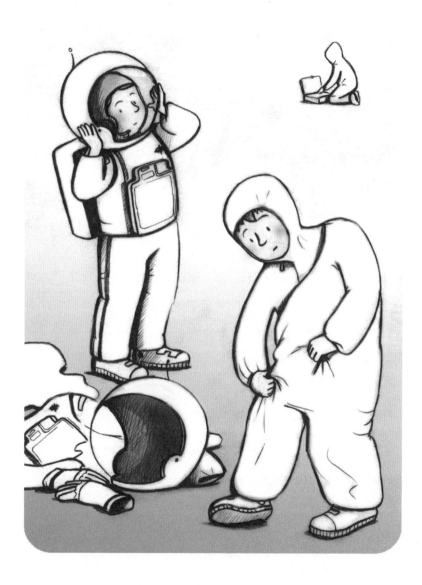

愛密特一把音量調高，卡斯摩喋喋不休的抱怨馬上傳進耳裡：「你們都不關心我，沒有人瞭解我、關心我，沒有人在乎我的感受。」

愛密特再度把音量關小。

「小心別惹毛了卡斯摩，我們能不能到火星還需要卡斯摩的幫忙呢。」安妮警告愛密特：「有一次我們卡在外太空，差點回不來。這種事發生一次就夠了。現在，你能和卡斯摩和平共處，一起合作嗎？」

愛密特再度把音量調高。

「你們老是指使我**做這個，做那個**。」卡斯摩哭哭啼啼地說：「我只是想要表達我的感覺而已。」

「卡斯摩，我有個辦法可以讓你好好表達你的感受。」安妮說。

「我打賭妳一定又要我打開宇宙之門，好讓妳去外太空了。」卡斯摩愁眉苦臉地說。

「你真聰明！」喬志說：「問題是，我們並沒有被允許這麼做。一旦被抓到，我們就慘了。」

「你的意思是，就像犯了滔天大罪一樣嚴重嗎？」卡斯摩的語氣終於比較有精神了。

「嗯，是的，除此之外，卡斯摩，我們需要你的幫忙。當我們到達火星的時候，請你照顧我們一下；我們也需要你的幫忙，愛密特。如果我們必須火速離開火星，請你立刻把我們弄出來。」喬志說。

「可是，如果你們在火星上傳送訊息給我，難道不會有時間差嗎？我是說，光從地球到火星需要四分二十秒，如果火星位於太陽的另一邊，時間將變成二十二分鐘。當你說一句話，我再回話，這一來一往將會花上八分四十秒或者四十四分鐘。這樣豈不是太遲了。」愛密特說。

「別擔心，卡斯摩有即時通訊。你可以馬上聽到我們說的話，我們也可以馬上聽到你說的話。」安妮說。

「哇塞！真是了不起！」愛密特一臉佩服。

「的確，」安妮補上一句：「如果卡斯摩沒有太膽小而不敢做——」

「小心，宇宙之門來了！」卡斯摩警告。一道白色亮光從卡斯摩的螢幕射出，在無塵室中央現出一道門。敞開的大門後是個紅色的行星，行星中間偏左有一大片黑色的區塊。

「向火星靠近中，」愛密特報告。當火星近在咫尺時，眾多星星在一片漆黑的天空下閃閃發光。「你們有看到那個暗色的區域嗎？那是席爾蒂斯大平原（Syrtis Major），它是一片面積龐大的火山平原，早在十七世紀人類第一次透過望遠鏡觀測火星時，這個特徵就被科學家注意到了。至於南極的大極冠，你們可以在這個季節看到。還有，火星中央偏下那個亮塊，它叫作海那司盆地（Hellas Basin），是全火星最大的隕石坑，它盆狀的外觀是被小行星或彗星撞擊而成的，隕石坑的直徑約有一三七○英里。你看到在赤道區域的那四個點，他們是水的冰晶形成的雲，位於塔爾西斯（Tharsis）高地上四個最大的火山上方。」

「你怎麼知道這麼多？」喬志好奇地問。他的聲音透過頭盔裡的通話器傳出來，聽起來跟平常不太一樣。

「我從卡斯摩的螢幕得到的資訊，」愛密特有點不好意

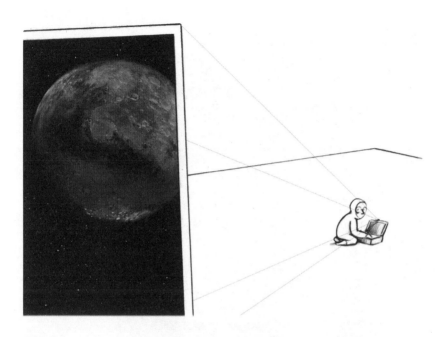

思地說：「它給我一點行前資訊，幫我判斷你們是不是可以安全降落在火星上。卡斯摩也順便提供一些遊客建議──火星的遊客要注意重力的差異。對了，你的體重在火星上只剩地球的一半，準備好到火星上蹦蹦跳跳吧！」

「卡斯摩有提到天氣嗎？」安妮的聲音從通話器裡傳出來，聽起來有點緊張。

「讓我看看……」愛密特說：「這是火星北極地區今天的氣象預報：**晴朗，平均溫度攝氏零下六十度，水氣冰雹的**

可能性低，塵暴可能從中心地區開始，進而籠罩整個火星。我會隨時密切注意。根據資料顯示，塵暴普遍會發生在這個季節，而且一下子就擴散開了。」

宇宙之門愈來愈接近火星，穿過稀薄的大氣層後，宇宙之門往布滿岩石的火星表面靠近。喬志和安妮背著氧氣筒和通話器，站在宇宙之門的門口，手牽著手。在火星表面上方低低盤旋了一會兒，安妮對喬志說：「準備好囉，五，四，三，二，一……跳！」

安妮和喬志消失在宇宙之門的門口。他們來到了火星，一個從來沒有人類登陸的行星。愛密特坐在無塵室裡，看著他們在眼前消失。

在宇宙之門關上之前，火星上紅色的灰塵趁著敞開的宇宙之門飄了進來。愛密特企圖抓住一些灰塵，不過，無塵室裡的眾多過濾器早就捷足先登，把灰塵吸得一乾二淨，防止無塵室裡超乾淨的空氣受到污染。就像喬志和安妮一樣，火星的灰塵也消失得無影無蹤，留下愛密特與卡斯摩在這間偌大的房間裡。愛密特環顧四周，然後拿起《勇闖宇宙使用說明書》。他從索引的部分找到火星，然後翻到那一頁，開始讀起「生命是否來自火星？」這一章。

生命是否來自火星？

我們所知的生命到底開始於何處、始自於何時？生命是否源自於地球？或者其實來自火星？

幾個世紀以前，大多數的人都還篤信人類與其他物種遠從創世之初就已經存在於地球。過去人們以為地球就等同於物質世界，創世被描述成一個極為突然的事件，就如同今天大多數科學家相信的大霹靂宇宙論一樣。創世的故事被記載在聖經創世紀之類的宗教典籍內，世界各地的其他文化也有類似的故事描述世界的轟然而生。

過去雖然也有天文學家思考過宇宙的範疇，但是一直要到伽利略（1564-1642）發明了人類最早的望遠鏡之一，才真正開啟了這方面的研究；伽利略的研究證實了宇宙包含許多其他的世界，其中有些可能如同我們的行星般有生物存在。而宇宙的廣闊以及宇宙的誕生必定遠早於人類出現之前的證據，一直到十八世紀的啟蒙時代才開始被廣為接受。啟蒙時代出現了許多像是氫氣球之類的新發明，其中最重要的就是蒸汽機。這些發明引發了下一個世紀（十九世紀）的技術和工業革命。在這段革新的時期，對淺海沉積岩的研究讓地質學家了解到，這類過程的時間尺度遠超過數千或數百萬年，而是長達數十億年（giga-years）。

現代地球物理學家認為我們的地球與太陽系形成於約四十六億年以前，當時宇宙的年紀只有九十億歲（現在大約是一百四十億歲）。

而所謂的現代人類（modern human），則是在約五萬年前從非洲散布到世界的其他地方。現代考古學已經證實，早期的人類社會大約在六千年前才發展出我們所說的文明（不同的貨物可互相交換的經

濟體系）。任何文明都有一項非常重要的要素，那就是在貨物的交換之外還要有資訊的交換。然而資訊要如何儲存或散布呢？這就需要一些適當的媒介。

在紙和墨水發明以前，最早的方式之一是利用刻在黏土板上的圖案，這可說是現代電腦記憶晶片的古老始祖。而知識的分享與收集本身也逐漸成為文明發展的目的之一（尤其是今天我們稱為科學的那些知識）。

當然，文明（較晚近）的發展有賴於「智慧生命」的出現，所謂智慧生命指的是那些有足夠自覺能辨識鏡中自我的生物。在我們的地球上，大象、海豚和靈長類動物如黑猩猩、猿猴、尼安德塔人，以及像我們這樣的現代人類都屬於「智慧生命」。截至目前為止，我們並未在宇宙的其他地方發現智慧生命的存在。

那麼這些智慧生命形式到底是如何在地球上形成的呢？留存到今天的化石告訴我們，今天的動植物或許是從地球早期的生命形式演變而來的，但是人們依然不清楚如果不是事先設計，這些形形色色的物種如何適應得如此良好。一直到達爾文在 1859 年以自然汰擇理論來解釋適應法則，生物會持續演化的概念才被廣泛接受。而且要到最近（1950 年代末期），華生和克立克發現 DNA 以後，我們才真正了解演化究竟是如何運作的。

這種以 DNA 為基礎的現代演化理論可以從化石紀錄（不管它有

多古老）得到證明。真正的問題在於這些紀錄能回溯的時光有限，最古老的化石還不到十億年，只占了地球年齡的一小部分。

　　早在寒武紀之前，地球就已經出現了簡單的生命形式。我們已經很清楚這些生命是如何在接下來的五億年間逐漸演化成智慧生命形式（雖然無法確知為何會如此）。但我們還是缺乏適當的紀錄來了解這些前寒武紀的生命形式一開始到底是如何產生的。

　　這是因為一直到了寒武紀，才出現容易形成化石的大型骨骼動物。科學家相信這些動物的祖先是一些軟體動物（就像今天的水母）；若時光再往回溯，最有可能的生命形式可能會是一些微小的單細胞生物。但這些生物並沒有留下清楚的化石證據。

　　至於更久遠之前的歲月，演化的過程顯然極為緩慢。即使宇宙中有許多環境適當的行星，但是在這些行星上演化出先進生命的機率依然非常低。也就是說，可能只有一小部分的行星能夠演化出生命。而我們的行星就是那極為稀少的例外之一。而且它還很可能一不小心就會走錯方向。天文物理學家進行過一項稱為「太陽紀偶然性」的計算，結果發現地球演化出智慧生命所需要的時間，足以耗用掉太陽中大部分的氫。簡單地說就是只要我們的演化慢上一點點，就永遠無法在太陽燃燒殆盡之前如同現在一般站在這裡。

　　那麼，在有限的時間裡，最難達成的演化步驟是哪一個呢？

　　地球上最困難的步驟可能是「真核生物」的誕生，真核生物的細胞具有由細胞核與核醣體構成的精巧結構。真核生物包括大型的多細胞動物，例如人類以及阿米巴原蟲之類的單細胞生物。化石紀錄顯示第一個真核生物出現在地球上的時間是元古宙早期，大約是二十億年前，當時地球的年齡只有現在的一半。在這個時期之前，更原始的原核生物如細菌（細菌的細胞太小，所以沒有細胞核）已經在地球上

散播開來，也就是所謂的太古宙時期，這時候的地球才十億歲左右。

　　有些證據顯示，這些早期生命形式從太古宙的一開始就已經存在，所以我們遇到了一個謎團。因為那表示生命誕生的過程應該發生在更早的時期，也就是所謂的冥古宙——地球歷史上最早的時期。

　　為什麼這樣一來會有問題呢？冥古宙的確夠長，有將近十億年之久，但是就如字面所透露的，當時地球上的環境極為惡劣。月球上的隕石坑就是在這個時期，受到太陽系形成後留下的碎屑撞擊所留下的。而質量與重力更大的地球在當時顯然只會吸引更為猛烈的撞擊。這些撞擊會讓地球的環境重複被加熱。原始的生命形式似乎很難避免早夭的命運。

　　而火星的質量較小且離太陽更遠，所以近來有些科學家認為火星所受到的撞擊可能會比地球更快平靜下來。可能經常有些碎片在這些撞擊中從火星上被敲擊出來，然後掉落到地球上。

　　這一來就表示生命可能源自於火星——在它們還未能在這裡生存下來之前。

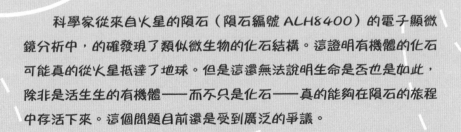

　　科學家從來自火星的隕石（隕石編號 ALH8400）的電子顯微鏡分析中，的確發現了類似微生物的化石結構。這證明有機體的化石可能真的從火星抵達了地球。但是這還無法說明生命是否也是如此，除非是活生生的有機體——而不只是化石——真的能夠在隕石的旅程中存活下來。這個問題目前還是受到廣泛的爭議。

　　還有個更有趣的問題是，當時火星（正處於所謂的葉石宙時期，約略與地球上的冥古宙相當）的環境是否真的適合那些原始生命。

　　今天的火星環境（至少在其表面）很明顯並不適合生物存活——那是一片寒冷乾燥的沙漠，除了一些二氧化碳以外，幾乎沒有大氣存在。但是登陸火星的探測船已經證實，火星的南北極的確含有數量可觀的冰。除此之外，火星上也有許多由河流或潮汐的侵蝕所遺留的痕跡。這表示火星歷史上的某個階段一定擁有大量的水，而水正是讓我們這樣的生命產生所必需的。在那個時期火星上的水可能形成了深度達到幾千公尺的海洋，而海洋的中心就在火星今天的北極附近。

　　生命或許就誕生於這個一度存在於火星歷史上的海洋邊緣。

　　有一些理由反對這個理論。其中一個理由是當時的火星大氣中沒有氧氣。然而一般相信，地球上的早期生命形式能夠在大氣中極度缺乏氧氣的環境中存活。所以這個論點可能並不成立。

　　另一個理由是，古老的火星海洋對已知的地球生命形式而言含鹽量太高了。但或許火星生命從一開始就已經適應這種高鹽分的環境，又或者它們是從淡水湖中演化出來的。

　　這樣一來，就表示生命可能真的誕生於火星那個巨大海洋的邊緣，然後搭上隕石的順風車來到地球。所以，搞不好我們最古老的祖先真的是「火星人」也說不定。

布蘭登 Brandon

第九章

　　跳出宇宙之門後，喬志回頭看了無塵室一眼，他看到愛密特擔憂得往門外瞧。然而，一眨眼的功夫，宇宙之門關上，消失不見蹤影，沒在火星灰濛濛的天空留下任何痕跡。

跳出宇宙門之的力道，讓喬志和安妮在火星大氣層中漂

移了好幾公尺。他們兩個人的手握得緊緊的，以免失散在這個空無一人的行星。喬志著陸了，然而雙腳踏在地面的力量又把他們彈回空中。

他們又再度著地，迅速放開彼此的手。「這裡的高山在哪裡呀？」喬志透過通話器問安妮。他們站在一片一望無際的紅色大地。極目四望，這片廣闊的沙漠平原上布滿紅色的碎石塊，除此之外什麼都沒有。擡頭一望，火星上的太陽比地球上看到的還要遙遠、渺小，也沒那麼溫暖——因為太陽的光和熱傳達到火星的距離，比到地球還要遠。浮在空氣中的紅色灰塵，使得火星上的陽光看起來是粉紅色的；然而，這個粉紅色可不是地球上日出慣有的那種漂亮的玫瑰紅，而是個發光的粉紅色，會讓第一次來到火星的地球人覺得相當詭異，覺得自己不受歡迎。

「我們現在位於火星的北極，這裡沒有任何山脈，」安妮告訴喬志：「火山和山谷位於火星的中部。」

「現在離日落還有多久？」話一出口，喬志馬上明白，太陽一下山，他們什麼都看不到了。想到自己是在一個毫無人煙的行星，喬志不禁覺得毛骨悚然，他一點都不想在天黑後還待在火星上。

「還有很長很長的時間。」安妮說：「夏季時，太陽在北極不會下山。儘管如此，我也不想在這裡停那麼久。我一點也不喜歡這裡。」雖然身上有太空衣可以保暖，安妮仍然打了個冷顫。

荒涼的火星讓人覺得異常寂寞，就像喬志一樣，她突然想念起地球上熙熙攘攘的人潮。儘管他們曾嚮往一個人獨自住在一顆行星，不用遇到惹人心煩的人，也不會有人管，可是現實和想像簡直相差十萬八千里。火星上沒有什麼事情可以做，也沒有人可以一起玩。喬志和安妮都曾幻想過要當某個世界的主宰，但是當這個願望成真時，嘮叨的爸媽似乎還是挺溫暖的。

為了看看自己究竟可以跳多高，喬志忍不住又跳了起來。他跳離地面好幾英尺，一秒後著地，距離安妮站的地方不遠。

「真是神奇！」喬志說。

兩個人一起往火星表面的方向漂移，可是每次一著陸就立刻彈了起來。

「小心，不要留下太多腳印，」安妮指著喬志在火星表面留下的痕跡，警告著說：「否則，當火星的軌道探測船經

過這裡,照了相之後,人們會認為火星人真的存在了。」

「我看到荷馬了!」喬志指著遠方一個孤單的影子,訝異地問:「它在做什麼?」荷馬看起來異常忙碌,來來回回地動來動去,不斷把石塊扔在半空中。

「這正是我們到火星要搞清楚的事情。對了,我要呼叫愛密特。」安妮對著呼叫器說:「愛密特?愛密特?該死!

他沒有回應。」

　　他們踩著大步，往荷馬的方向邁進。荷馬神祕兮兮地移動著，可是它看起來又很刻意，好像有其他目的似的。

　　「蹲下來！」安妮一邊提醒喬志，一邊蹲下。「小心不要讓荷馬看到我們。如果荷馬的照相機拍到我們，我爹地就會知道我們在火星。到時候可就是世界末日了！」

「可是，訊號傳送回地球要花一些時間，你爹地要好幾分鐘後才會看到我們，換句話說，就算我們被荷馬拍到，我們仍有時間開溜。」喬志說。

「哼，」安妮不以為然地反駁：「那是你。你當然可以這麼做。如果爹地看到我們在火星，大不了把你送回英格蘭而已；可是我就徹底完蛋了，到時候我會動彈不得——我不是說我會被困在火星上，而是會困在地球上。我爹地會對我發飆，用各種他能想到的無聊方法處罰我。」

「比如說？」

「我不知道！我猜，不准踢足球、要寫更多數學作業、要洗太空衣、永永遠遠都沒有零用錢可以用。你知道嗎？我現在突然覺得地球也沒有我以為的那麼大。」

「對了，我們需要保持安靜嗎？荷馬會聽到我們的聲音嗎？」喬志問。

「嗯，我不認為如此，火星的環境不適合聲音的傳遞。我認為荷馬只有記錄影相，沒有記錄聲音。」安妮停頓了幾秒，忽然對通話器大吼：「**可是我**

希望愛密特可以聽到我們說的話！」

「唉呀，好大聲。」安妮這麼一叫，頭盔裡迴盪的叫聲讓喬志覺得頭都快要爆炸了。

「是誰？怎麼了？你們在哪裡？」愛密特終於出聲了。

「愛密特，你這個呆瓜！為什麼你剛才都不回答？」

「對不起，我剛才在看書……你們還好嗎？」

「我們很好，真是**謝謝**你，地面指揮，」安妮說：「我們已經降落在火星上了，正準備接近荷馬。你有進一步資料可以提供給我們嗎？」

「讓我查一下，等一會兒再告訴妳。」

「我可以飛到荷馬頭頂上嗎？」火星上的低重力讓喬志覺得相當新鮮有趣，想看看自己究竟可以跳多高。「這樣我就可以低頭往下看，知道荷馬在做什麼了？」喬志問道，身上的白色太空衣由於火星灰塵的關係，變成紅棕色的了。

「不行，你會掉下來撞到荷馬！在火星上你只能跳得比地球高兩倍半。不要做傻事了。我們必須趕快到荷馬那裡去，記住，待在一邊就好了，這樣才能躲過攝影機。」

他們踩著大步，跌跌撞撞來到荷馬附近。荷馬一動也不動，好像剛才瘋狂的行徑把它所有的精力都耗盡了。現在，

它需要好好休息一番。

「荷馬已經停下來了。我們這就小心靠近它，不要被它發現了！」安妮說。穿著笨重的太空靴要踮著腳尖走路並不容易，他們躡手躡腳接近荷馬，盡可能不被發現。荷馬的腳張得開開的，四平八穩站在火星表面，細長的機械手臂則是無精打采地下垂。他們看到荷馬布滿風沙的太陽能板（用於收集太陽輻射，再把輻射能轉換成其他能量）、粗厚的橡皮輪胎、有攝影偵測功能的眼睛。

但是當他們更靠近荷馬的時候，他們注意到一些異樣，一些從來沒有在荷馬傳回地球的影像裡出現過的東西。

「你看那邊！」安妮說。

荷馬旁邊的地面有一串由輪胎壓過泥土和石頭所形成的圖案。

「這是一個訊息！」喬志大叫，壓根忘了使用通話器時不能大喊大叫：「它和卡斯摩接收到的那個訊息一模一樣！它們是相同的記號！有人在火星上留訊息給我們！」

安妮用太空靴踹了喬志一腳。「別叫！」安妮輕聲提醒。

此時此刻，他們聽到愛密特興沖沖的語氣從地球傳來：

「什麼訊息？在火星上嗎？訊息寫些什麼？」

「我們正在想辦法解讀這個訊息，」安妮說：「搞不好荷馬不是在胡搞瞎搞？說不定它是為了把訊息留給我們，所以才有這些奇怪的行為？」

兩個人小心翼翼地邁開步伐，來到荷馬旁邊，仔細研究荷馬在地上畫出來那幾條歪七扭八的線條。

「不能這麼快就下結論，還需要再多試試看才能推測出結果。」喬志警告。

喬志和安妮在這個訊息旁邊來來回回，企圖找出合乎邏輯的解釋。

「你們可以跟我描述一下那些記號嗎？」愛密特急切地要求：「我可以輸入電腦，看卡斯摩怎

麼說？」

喬志和安妮剛好飛越這個訊息的上方。「嗯，有一個圓圈，外面繞著其他圓圈。」喬志首先發言。

「這個圓圈有可能是某個帶有光環的行星，」安妮猜測：「搞不好是土星。你看，這個圓圈旁邊有一排石頭，或許就像前一個訊息所暗示的，這一排石頭就是太陽系。」

「還有那邊，這個帶著行星環的行星又在那裡出現，而且也有很多小石頭圍繞在四周。」

「或許那些小石頭是土星的衛星，」愛密特的聲音從呼叫器裡傳來：「你覺得這個訊息會不會是要你們去土星的衛星呢？我現在正把資料輸入電腦裡，看卡斯摩可不可以提供我們其他線索？你們可以數一下有多少顆小石子嗎？土星有很多衛星，大約六十顆吧，但是圓型的只有七個。」

徐徐的微風毫無預警地開始轉強，把地上的碎石吹到半空中，在空中轉呀轉。

「慘了！嚴酷氣象警戒──」愛密特逐字唸著卡斯摩螢幕上的資料：「暴風從南方來襲，可能必須疏散。」

「我們還需要更多時間！」喬志回覆：「我們還不知道這個訊息是什麼意思！我們正在數那個有行星環的行星有幾

顆衛星。」

「但結果還是一樣。」安妮看到最後一個圖形，怕得不寒而慄：「這個圖形依然表達地球有滅亡的危險。」他們又跳躍了一次，來到荷馬身旁。安妮一隻手抓住荷馬的腳，免得自己被強風吹走，另一隻手則緊抓住喬志不放。

「我不認為你們**還有**時間，」愛密特從呼叫器傳來的聲音相當焦急：「卡斯摩偵測到一個大型塵暴，這個塵暴目前正快速往你們這個方向移動！我們得在你們被強風吹走之前，趕快讓你們離開這裡！卡斯摩說它沒辦法在塵暴裡偵測到你們的位置——我的媽呀！卡斯摩突然壞掉了。」

「愛密特，那是什麼？」安妮和喬志看見遠方漫天的塵雲，正往他們的方向席捲而來。

「卡斯摩故障了！」愛密特無奈地表示：「電腦上面寫著：**緊急系統升級，無法提供宇宙之門回程服務**。除非卡斯摩的升級結束了，否則沒辦法把你們帶回地球！現在它只能把你們帶去更遠的地方！」

「好吧！把我們從這裡弄走！」安妮大喊，一點也不在乎自己的聲音有多大：「隨便帶我們去哪裡都好！隨便一個地方！只要離開這個塵暴就行了！我快撐不下去了！」

強風使勁颳起火星表面的塵土，喬志和安妮頂多只能看見彼此。荷馬早已被風沙覆蓋住，原本閃閃發亮的太陽能板也不復見。安妮仍然死命抓著荷馬的腳，她身後的喬志被強風吹得暈頭轉向，雙手緊抓著安妮的一隻手。他們明白自己隨時都有被吹走、消失在火星的可能。

「帶我們到土星的衛星！」喬志對著呼叫器大叫：「如果你們不能帶我們回地球，那麼就送我們到更遠的地方！帶我們去找下一個線索！」

時間一秒一秒過去，塵暴也變得愈來愈劇烈。隱隱約約，宇宙之門在喬志及安妮身旁浮現，隨著宇宙之門變得愈來愈清楚，喬志把一隻手放開安妮，改抓門框，不料，風實在是太強了，吹得他不停在門框上打轉，喬志只好用兩隻腳鉤住門框，把自己固定住。喬志的另一隻手仍抓著安妮，而安妮也牢牢抓著荷馬，絲毫不肯鬆手。

「把門打開！」喬志對著地球上的愛密特放聲大叫，又對安妮說：「安妮，當我數到一的時候，我會把妳丟進去！

到時候妳得放開荷馬！」

「不行，我辦不到！」安妮尖叫。安妮早已嚇得六神無主，她怕一旦放開荷馬，會立刻被吹得不知去向。

「不行，妳一定得這麼做！我不能同時把妳**和**荷馬丟向宇宙之門！我的力氣沒那麼大！」

宇宙之門迅速打開了，門後出現一個神祕的橙色漩渦。

「我數到一的時候就放手！」喬志說：「五、四、三、二、一。」喬志企圖把安妮扔向宇宙之門，可是安妮仍抓著荷馬。喬志大喊：「把眼睛閉上，想像妳是在地球。安妮，我就跟在妳後面，隨後就到。再試一次——妳沒問題的。五！四！三！二！一！」

安妮一放開荷馬的腳，馬上就被扔進宇宙之門。在門邊被吹得東倒西歪的喬志也跟在後頭跳進門去，來到另一個世界，一個他從來沒有想過的世界。

宇宙之門在喬志身後關上了。塵暴籠罩整個火星，淹滅了荷馬的訊息、喬志和安妮留下的腳印，也為荷馬蓋上一層厚厚的紅色灰塵。一切都不見蹤影，只剩下荷馬攝影機上的小紅光還在發亮。荷馬拍攝了火星風暴，再把紀錄傳回地球，讓遠在地球的艾瑞克參考。

第十章

地球上，遠離全球太空局總部的南太平洋一隅，喬志的老媽黛西看了整晚的星星後，現在正迎接黎明的到來。隨著滿天星斗沒入天際，霧氣從清澈無波的水面升起，朝陽從太平洋緩緩上升，天色也逐漸變成泛白的湛藍色。

太陽下山時，原本掛在地平線盡頭的水星和金星，隨著月亮從東邊升起而逐漸消失在黛西眼前。夜幕低垂，整個穹蒼灑滿了點點繁星，其中包括兩顆很亮的星星——半人馬座的阿爾法星和貝塔星，這兩顆恆星指向南十字的方向，南十字是在南半球才能見到的星座。黛西躺在沙灘上，仰望夜空，頭上是天秤座和天蠍座，閃閃發光的小星星和天蠍座的心宿二（Antares）正照在她身上。

天上的星星讓黛西想起去參觀太空梭發射的喬志，想像著寶貝兒子看到太空梭進入天際那一剎那，滿臉興奮的表

情。躺在沙灘看星星的黛西萬萬沒想到，此時此刻的喬志正在太陽系某個角落打轉，徘徊在火星及下個目的地之間，企圖尋找宇宙的寶藏！

幸好可憐的黛西不知道她的寶貝兒子正在外太空演出迷

航記，因為地球上的喬志老爸特倫斯也不見了！
這就是為什麼黛西會坐在沙灘上，等待特倫斯搭
的那艘船再次出現在眼前。特倫斯和黛西一起到
吐瓦魯，這是太平洋上的群島，一個被蔚藍海水
包圍的人間仙境，裡面有白色的沙灘、搖曳的棕
櫚樹、在茂密的綠色樹叢中飛舞的稀有鳥類以及
大型蝴蝶。

　　然而，特倫斯和黛西可不是為了度假來到
這裡，他們是為了加入一群環保朋友的行列，記
錄這些島嶼因地球暖化所帶來的生態變化。

　　儘管海水看似平靜無波，事實上，逐年升
高的海平面已經造成不少問題——一些較小的島
嶼飽受被淹沒的威脅，島上的生物也有瀕臨絕
種的隱憂。如果海平面持續不斷升高，島上的居
民可能喪失他們的家園。有兩個因素導致海平面
升高：一、南極、格陵蘭島和冰河這些陸地上的
冰融化；二、海水受熱膨脹——溫度較高的水占
據比較大的空間，海水因此變多，相對地，土地
也因此變少。有些低窪的島嶼和環狀珊瑚島實在

186

地球從月球地平線上升起的「地出」照片，由阿波羅 8 號的美國太空人所拍攝，1968 年。
這是第一張從另一個世界拍攝的地球照片。

火星

哈伯太空望遠鏡在近接時拍下的火星，2007 年。

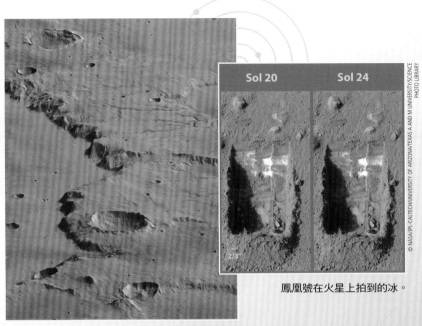

Sol 20　Sol 24

2/3"

鳳凰號在火星上拍到的冰。

火星上的侵蝕痕跡。

從火星軌道上拍攝到的河流三角洲影像。

泰坦

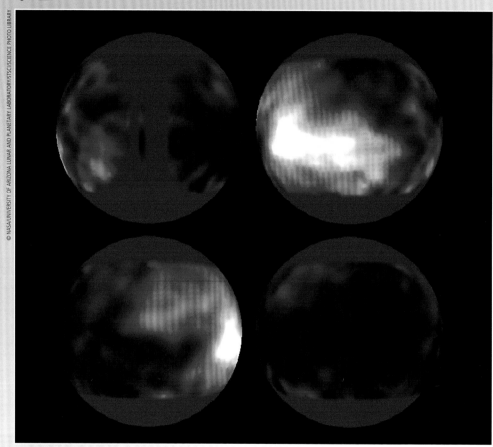

哈伯太空望遠鏡拍攝的泰坦表面，1994 年。左上方的半球面對土星，右下方的半球背對土星。

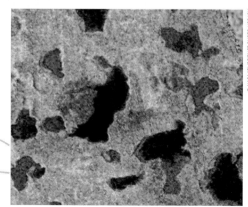

卡西尼號在泰坦上拍攝到的碳氫化合物湖泊。

卡西尼號拍攝的泰坦表面。

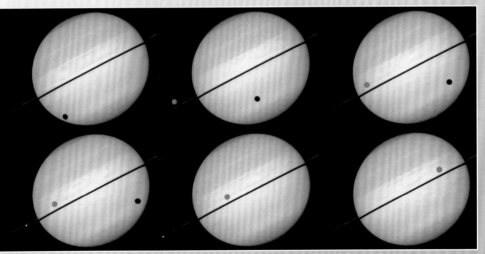

哈伯太空望遠鏡拍攝繞行土星的泰坦，1995 年。

半人馬座阿爾法

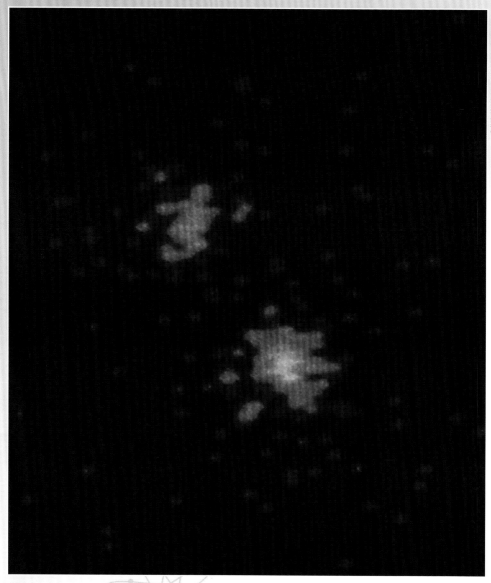

半人馬座阿爾法的 X 光影像，其中有兩顆恆星最明亮。

巨蟹座 55

巨蟹座 55 雙星系統的行星及其軌道的想像圖。

繞行巨蟹座 55 的系外行星想像圖。

地球

從太空中拍攝的地球，顏色未經處理，可以看到歐洲大陸和非洲北部。

是太低了，一點點細微的海平面上升立刻會產生顯著的變化，例如家園氾濫成災、海灘消失不見。首都的主要交通幹道因為經常位於水面下，所以大部分時間無法使用。

即使不願意喪失在這個彷彿世外桃源島嶼上的家園和生活，島上的居民至少還可以選擇離開；可是，島上所有的鳥類、蝴蝶和飛蛾早已習慣當地的氣候環境，離開原生地，他們將無處可去。

太平洋群島上的居民不斷向地球上的其他居民發聲，告訴大家他們遭受的困難。他們到全球性的會議現場提出抗議──如果全球暖化的問題沒有改善，海平面持續以驚人的速度上升，他們將喪失家園。有人宣稱吐瓦魯所面臨的問題只是氣候變遷裡一般的循環週期，大風暴和大潮汐把島嶼淹沒是件稀鬆平常的事；另一部分人則堅信這些改變預示了更糟糕的事情，只怕沒這麼容易辯解過去。

就某個意義上而言，吐瓦魯正在下沉也不

是什麼新鮮事。構成吐瓦魯的五個環狀珊瑚島，長久以來逐漸沉入海裡。早在一八三五年，航行經過太平洋的著名生物學家達爾文，已經解釋這些環狀珊瑚島（看起來像一圈沙子圍著一個鹹水湖）如何產生。熱帶水域的火山活動產生新興島嶼，經過數百萬年後，珊瑚（一種住在溫暖淺水域的有機生物）沿著新興火山島的海岸線成形，沒入海裡。環狀珊瑚島終究會全部消失，可是珊瑚會持續生長，直到浮出海面，形成暗礁和海灘。

然而，這個演變過程相當漫長，可能長達三千萬年。過去十年以及未來五年的變化讓吐瓦魯面臨的問題得到重視，人們想把最近幾年劇烈的變遷記錄下來。

為了記錄這些變遷，喬志的老爸特倫斯和一些伙伴划著小船離開了主要的環狀珊瑚島，前去探索其他島嶼。然而，他們並沒有在預定返航的時間出現。雖然他們有攜帶地圖，可是他們並沒有衛星導航系統，也沒有手機。他們決定效法庫克船長——這位探險家為了記錄下**金星凌日**，航行橫越南太平洋海域，而他就是根據星象來判斷航行方向的。

很不幸地，特倫斯一行人消失在茫茫大海中，找不到回吐瓦魯的路，讓在吐瓦魯等待的黛西很擔心。其他的環保

伙伴也駕著船隻去找他們，可是仍然無功而返。黛西和其他
伙伴心急如焚，因為特倫斯一行人沒有攜帶足夠的淡水，南
太平洋的烈陽會讓水分迅速流失，這群人恐怕沒辦法支撐很
久。茲事體大，黛西立刻打了個電話到佛羅里達，尋求緊急
救援……

　　在太陽系另一頭，喬志把自己從火星推向宇宙之門，到
了另一邊那個有著暗橙色漩渦的世界。這時，他聽到前面的

安妮尖叫著：「這裡到處都濕答答的！」

　　喬志跟在安妮身後著陸，置身在一個地面結凍的斜坡。喬志搖搖晃晃落地，同時不忘扶著宇宙之門的門框，穩住重心。被喬志丟向宇宙之門的安妮正緩緩飛過，在某個河床旁不遠處著地。河床內的深色液體流入一個巨大的黑色湖泊。有一瞬間，安妮看起來好像要摔到那條黑色的河裡，幸好她彎下膝蓋，轉動雙臂，往上一蹬，優雅地跳過那條河。

　　喬志仍然抓著門框，絲毫不敢鬆手。回火星的通道已經在喬志身後關上了，可是宇宙之門的入口依舊存在，在黯淡的光線下發出微弱的光芒。喬志用一隻太空靴踢踢地面，感覺起來好像是堅固的冰塊，他想用鞋根敲一下，看看會不會有小冰塊掉下來，沒想到地面像花崗岩一樣密實，硬得要命。喬志往四周望去，企圖找個東西抓住，免得宇宙之門的入口消失後沒有著力點。但他沒辦法碰到身後的岩石，從前方的斜坡一直到那個神祕的深色河流，沿途

都是冰塊，根本沒有什麼東西可以讓他施力。

「無論如何，千萬不要跌進去了！」安妮從河流的另一邊提醒：「我們還搞不清楚裡面是什麼！」

喬志東張西望了一番後，問道：「我們在哪裡？」天空低低的，滿是厚厚的澄黑色雲層。雲層厚得連光線都透不太過來，讓人覺得光線好像是來自數百萬英里外的某顆星星。「這個地方是哪裡？」

「你考倒我了，我覺得這個地方感覺起來很像地球在生命誕生前的樣子。卡斯摩會不會搞錯了，把我們帶到過去的時間了呢？也許它把我們送到萬物之始的時間點，讓我們看看最早的地球是什麼樣子。」

風徐徐地吹，雖然如此，喬志仍然感覺到一股強大的力量，讓喬志不由得不抓住宇宙之門的入口。

「喬志，這邊是地面指揮！」愛密特的聲音聽起來相當正經：「卡斯摩沒辦法支撐宇宙之門的入口太久。它必須先把應用程式關起來，否則會當機。」

「安妮，我該怎麼辦？」喬志突然很怕掉到河裡，被沖進湖裡去。

「像我一樣跳就行了！」安妮站在河床的另一側，靠近

湖泊的岸邊，一個結冰的小沙灘上。「這邊是平的，你可以在這裡安全著地。」小沙灘後有個面對湖泊的懸崖，懸崖上的峭壁直直指向虎皮色的天空。

「開啟太多應用程式，」喬志聽到卡斯摩說：「宇宙之門的入口將立即關閉。如果產生錯誤，請在方格內打勾，並回報給技術支援部門。感謝您寶貴的建議。」

宇宙之門的入口消失了，喬志和安妮孤伶伶被留在這個神祕的行星。失去任何可以支撐的施力點，喬志從斜坡跌向黑色的液體。他模仿安妮，從地面一蹬，往上跳了一下，橫

過那個河流。

「風真的好強！」喬志說。好像慢動作一樣，喬志很慢很慢地跳到河床的另一邊。「我覺得自己好像要被吹倒了！可是，感覺起來風似乎沒有很用力吹。」

「也許是因為這裡的大氣比地球還厚吧。這就說明為什麼我們會覺得自己好像在一碗濃湯裡，而不是在空氣裡。這裡沒有什麼重力，所以我們沒有急速往下掉。咦！那是什麼東西？」雲層快速散開了，讓他們見識到這個非比尋常的世界。湖的另一邊有一座大山，原本應該是山峰的地方凹下一個缺口。

「哇塞！看起來像是個死火山。」喬志說。他們看到火山口噴出一坨藍藍的液體。

「我才不覺得這是個死火山！」安妮驚聲尖叫。濃稠的液體緩緩流下火山的斜坡，好像一隻黏答答的大蚯蚓，從山上笨拙地蠕動下來。

「看起來好噁心！」安妮尖著嗓子，嫌惡地說：「那是什麼？我們在哪裡？這是哪一個行星？」

「你們所在的地方不是行星，」愛密特終於出聲：「你們在泰坦，土星最大的衛星上，離地球將近有十億英里遠，

附近有個叫作 Ganesa Macula 的低溫火山，這個火山最近還在爆發。」

「火山爆發會有危險嗎？」喬志問。喬志和安妮看著詭異且濃稠的火山熔岩流進河床，切過岩石般的地表。

「很難說，」愛密特輕快地回答：「因為之前從來沒有已知的生命形式在泰坦上降落過。」

「真是感謝你提供的好消息啊，愛密特。」喬志悶悶不樂地答腔。

「不過，這個低溫火山會噴出水，儘管噴出來的水非常冷。水裡混著氨，意味著這水在攝氏零下一百度仍然可以以液體的狀態存在，而不會結冰。因此，火山爆發的味道應該不會很好聞。不過你有穿太空衣，對你而言應該沒差。」

「愛密特，這裡有好幾個湖！也有河流！」安妮興奮地嚷嚷：「可是它們看起來很奇怪，而且顏色也很深，看起來一點都不像水。」

「卡斯摩為什麼把我們送來這裡？」喬志問。

「當時，你和安妮猜測外星人的訊息跟土星的衛星有關，根據卡斯摩的推算，因為泰坦的結構和大氣的化學組成，泰坦是最有可能有生命存在的地點。基於這個理由，卡

泰坦（土衛六）

🪐 泰坦是土星最大的衛星，也是太陽系裡第二大的衛星。太陽系裡只有木星的衛星蓋尼米得（Ganymede，木衛三）比泰坦大。

🪐 泰坦是在 1655 年 3 月 25 號由荷蘭的天文學家惠更斯（Christiaan Huygens）所發現。惠更斯的發現是受到伽利略發現了四個木星衛星的啟發。發現土星也擁有衛星，為十七世紀天文學提供了更多證據來證明並非太陽系中的所有物體都繞著地球旋轉。

🪐 過去人們認為土星擁有 7 個衛星，但是現在我們知道至少有 60 個衛星繞著這個巨大的氣體行星旋轉。

🪐 泰坦繞行土星一周要花費 15 天又 22 小時，正好和它自轉一圈的時間一樣，那表示泰坦上的一天和一年是一樣長的。

🪐 泰坦是太陽系已知的衛星中，唯一擁有稠密大氣的衛星。在科學家發現這點之前，以為泰坦擁有更大的質量。它的大氣主要是由氮氣所組成，一小部分是甲烷。科學家認為泰坦的大氣可能和早期的地球非常類似，所以泰坦或許擁有足夠的素材來發展出生命。但是這個衛星非常寒冷，而且缺乏二氧化碳，所以目前有生命存在的機會非常渺茫。

🪐 泰坦或許可以告訴我們遠古的地球環境是什麼模樣，並且幫助我們了解生命是如何產生的。

🪐 泰坦是太空探測船登陸過最遙遠的星球。2004 年 7 月 1 號卡西尼－惠更斯號抵達土星。它在 2004 年 10 月 26 日從土星旁掠過，而惠更斯號則在脫離卡西尼號之後於 2005 年 1 月 14 號登陸泰坦。

🪐 惠更斯為我們拍回了泰坦表面的照片，而且它發現泰坦上會下雨！

🪐 惠更斯號還在泰坦上發現乾掉的河床，也就是液體曾流過它表面的痕跡。卡西尼號後來更發現泰坦上含有有機物的證據。

🪐 再過幾十億年，當我們的太陽變成紅巨星時，或許泰坦會變得足夠溫暖，讓生命得以出現。

卡西尼號接近土星的想像圖

斯摩認為你們可以在泰坦找到下一個有關外星人訊息的線索，」愛密特解釋：「然而，我必須承認，卡斯摩似乎也不知道在哪裡。它現在有點幫倒忙。真是的，有時候卡斯摩真的很管用，可是有時候它翻臉像翻書一樣，前一刻還好好的，下一刻就開始生悶氣、鬧彆扭。」

「喂，你別再說了！不要找我的碴。」卡斯摩抱怨。

「你們看！」安妮指向湖面：「那是什麼東西？」水面有一個像救生圈或像船的東西正往他們的方向漂過來。

「看起來有點像一臺機器，」喬志說：「很像地球的東西。」

「像地球的東西？除非這裡有住人，而且這個東西是他們的……愛密特，」安妮緩緩接口：「有人住在這裡嗎？如果真的有人，我們要跟他們見面嗎？」

「嗯，」愛密特說：「讓我看看卡斯摩怎麼說。我看看它有沒有關於泰坦上的生物資料。」

「不要。」卡斯摩粗魯地拒絕：「我現在很累，一點都不想動。我要收工了，你也不要打如意算盤！」

「它的記憶體開始不足了。」愛密特解釋：「我們要叫卡斯摩把宇宙之門打開，趕快把你們弄回地球。我先來查查看《勇闖宇宙使用說明書》裡面是怎麼說的。有了，我找到『到底有沒有外星人？』這個章節，裡面應該有答案。」

「到底有沒有外星人？」愛密特喃喃自語：「我覺得可能沒有──至少，你們所在的地方沒有。目前為止，我覺得這個地方只有你們和那個沼氣湖。」

「唉呦，開始下雨了！」安妮伸出一隻手要接住雨滴。

到底有沒有外星人？

不知道本書的讀者是否有一天會漫步在火星上？我希望如此——而且事實上我認為可能性很高。那將會是一趟危險的冒險，而且可能是有史以來最刺激的探險。過去幾個世紀以來，先驅的探險者發現了新大陸、深入非洲和南美洲的叢林、登上高山的頂峰。而未來的旅人也將以同樣的冒險精神前進火星。

橫越火星的山脈、峽谷和隕石坑，或者搭乘氣球飛越，都會是趟美妙無比的旅程。但絕不會有人是為了舒適的生活而前往火星。生活在火星上將會比生活在聖母峰之巔或南極都還要艱辛。

這些拓荒者最大的期盼，就是在火星上找到曾經存在的生物。

地球上有數以百萬計的物種——黏菌、黴菌、藻類、樹木、青蛙、猿猴（當然還有人類）。這個行星上最偏遠的角落都可能有生命存在：數千年來不見天日的黑暗洞穴、不毛的沙漠岩石、水溫接近沸點的溫泉旁，從地底深處到雲端高處。

我們的地球充滿了各式各樣的生命，但是它們的尺寸和形狀都受到限制。大型動物雖然擁有粗壯的腿，卻不能像昆蟲那樣跳躍。最巨大的動物必須漂浮在水中。其他行星上可能擁有更多樣式的生命。比如說如果重力弱一點的話，動物可能會更為巨大，而大小與我們相仿的生物可能擁有如昆蟲般細瘦的腳。

在地球上，找得到生物的地方，一定找得到

水。

　　火星上有水，所以或許火星也曾發展出某些形式的生命。這個紅色的行星遠比地球寒冷，而且大氣稀薄。沒有人認為卡通裡的那些眼睛大大的綠色火星人真的存在。如果火星上真的有先進的智慧生命，我們應該早就發現他們的存在，而且搞不好都已經來拜訪過地球了。

　　金星和水星比地球更靠近太陽。這兩顆行星都非常炙熱。地球剛好位於適居帶，所以既不會太冷也不會太熱。如果地球太熱的話，即使是最頑強的生物都會被烤焦。火星雖然有點冷，但是還不算酷寒。更外圍的行星會更加寒冷。

　　那木星呢？它是太陽系裡最巨大的行星。如果這顆巨大的行星真的發展出生命，由於木星的重力遠大於地球，這些生物可能會長得非常奇特——比如說像氣球般的巨大生物漂浮在稠密的大氣中。

　　木星擁有四顆巨大的衛星，或許可以提供生命棲息。其中之一的歐羅巴（木衛二）表面蓋滿厚厚的冰，在它的冰層下是個海洋。或許有些生命就悠游在這個海洋裡？為了尋找可能的生命，未來我們將會把裝載在潛水艇內的機器人運送過去。

　　太陽系裡第二大的衛星是泰坦，它是土星的許多衛星之一。科學家已經把探測船送上泰坦的表面，發現上面有河流、湖泊和

岩石。但是其溫度大約是攝氏零下一百七十度，在這個溫度下任何水都會凍結成冰。所以在這些河流和湖泊中流動的不是水，而是甲烷——對生命來說並不是個適合的環境。

　　現在讓我們把焦點移到太陽以外的星球。我們的銀河系裡有幾百億個和太陽一樣的恆星。就算是離我們最近的恆星，以目前的火箭速度都得花上幾百萬年才能抵達。同樣地，如果在繞著某顆恆星運行的行星上真的有聰明的外星人存在的話，來拜訪我們也會非常困難。傳送一道無線電或雷射訊息會遠比穿過星際間那難以跨越的距離容易。

　　如果我們真的接收到無線電訊號，那可能是來自和我們非常不同的外星人。沒錯，它可能會來自一些機器（其創造者可能早就被機器所取代或是已經滅絕）。當然，有些外星人或許擁有巨大的「大腦」，但是由於和我們極為不同，所以我們認不出它們或無法和它們溝通。有些外星人或許不想暴露牠們的存在（即使它們正在觀察我們）。或許有些超級聰明的海豚一邊悠游在外星的深海中、一邊思考著深奧的哲理，根本沒人知道牠們的存在。搞不好還有些智慧生物其實是一大群昆蟲，它們一起行動，表現得如同單一個生物。在我們可探知的範圍外有太多可能性。缺乏

它們存在的證據並不能證明它們不存在。

　　我們的銀河系裡可能有千億個行星，而我們的銀河系還只是千億個星系之一。大多數人都相信宇宙

裡必然充滿生命，但那畢竟只是個揣測。我們對於生命是如何產生與演化的所知還太少，所以無法斷言簡單的生命形式是否真的普遍存在於宇宙中。我們甚至對簡單生命形式到底是如何出現在地球上都幾乎一無所知。無論如何，我猜想簡單生命形式的確非常普遍，但是智慧生物則極為稀少。

事實上，搞不好除了我們之外根本沒有其他的智慧生物存在。地球複雜的生物圈很可能是獨一無二的。也許我們真的是孤獨的存在。如果真的是這樣，那些希望能夠找到外星人訊號（或是希望有天會有外星人來拜訪我們）的人將會非常失望。但是我們不需因此而感到沮喪。事實上我們應該要因此而感到振奮，因為我們的存在是這麼與眾不同。我們的地球可能是全宇宙最有趣的地方。

如果地球上的生命真是獨一無二的，那它或許只是宇宙中的一段小插曲，或許不是。因為演化尚未結束，事實上現在的時點更靠近演化的起點而非終點。我們的太陽系才剛邁入中年，還有六十億年的時間太陽才會膨脹成紅巨星，將比較靠近它的「地內行星」（編按：比地球更靠近太陽的行星）吞噬，並且把任何尚存於地球的生物蒸發。遙遠未來的智慧生命和我們之間的差別，可能和我們現在與甲蟲之間的差別一樣大。生命可能會從地球上散布到整個銀河系，演化到我們現在所無法想像的複雜程度。如果真是如此，那麼我們這顆漂浮在太空中的小小淡藍色行星，可能會是整個宇宙最重要的地方。

馬丁 Martin

偌大的雨滴從天落下，足足有地球雨滴的三倍大，可是並沒有像一般的雨滴那樣迅速筆直落下；雨滴在空氣中徘徊，像雪花一般在空中飄蕩、飛舞。

「不妙，一定是甲烷雨！不知道你們的太空衣可以承受多少純甲烷？」愛密特說。

「等一下……」喬志瞄了那個奇怪的物體一眼，這個不明物正往海岸線的方向漂去。

「拜託，」安妮尖銳地抗議：「還要再等？我已經覺得無聊到快抓狂了。」

「那個東西上面有寫字！」喬志說。

「喔，真詭異！」安妮往前一湊，瞧個仔細。比豆子還大的雨滴輕輕滴在她的太空頭盔上。「真的耶！我也看到了……哇，好個意外的寶藏！」安妮目不轉睛看著那個漂到湖岸的圓形物體：「你看看！果然是地球的東西！上面有人類的文字！」

這個奇怪物體上面寫著『惠更斯』這幾個大字。

「愛密特，上面寫著『惠更斯』，」安妮向遠在地球的愛密特做現場連線報告：「那是什麼意思？那個東西應該不會是炸彈吧？！」

「怎麼有可能！」愛密特回答：「你們找到了惠更斯號探測器，那是人類送上泰坦的探測器。我不認為這個探測器還能正常運作，不管如何，能找到這個玩意兒還是很酷，我是說真的，真的是達到攝氏零下一百七十度的酷！」

「可是事情不只如此！」安妮大聲抗議：「探測器上面還寫著其他東西！上面有外星人的字！」

從探測器的另外一邊，喬志看清楚了。「這是『瓶中信』！」喬志忍不住大叫：「不對，我應該說，這是『探測器上的祕密訊息』。」

探測器上畫著另一排圖案……

第十一章

　　留在地球上的愛密特正坐在無塵室中央的地板上，眼前擺著卡斯摩和《勇闖宇宙使用說明書》。一陣騷動傳來，入口處的清淨機毫無預警地啟動，門上的紅色號誌也開始閃爍，標示著「淨化中」的狀態，發出刺耳的嗶嗶聲。愛密特在進入無塵室之前，早已被輸送帶上全套的乾洗服務搞得暈頭轉向，完全沒有注意到那個紅色號誌的存在。不過，在這個緊要關頭有人進來了，他想要不注意也很難！

　　愛密特從地上跳了起來，心臟怦怦地猛跳。他不想挪動卡斯摩，因為喬志和安妮正在泰坦上，往某個能找到下一個線索的地方去，愛密特不想讓卡斯摩在這個節骨眼受到任何干擾，打斷輸送的過程。

　　愛密特環顧四周，看到一張黃色的錫箔紙——事實上，那是用來防止探測器在執行太空任務時因為陽光照射而過

熱的罩子。愛密特靈機一動，小心地為卡斯摩包上錫箔紙，站在卡斯摩面前，賣力裝出一副悠悠哉哉的架勢，好像在無塵室裡打轉、看顧這些大型太空機械是件家常便飯的事。同時，愛密特也不忘調整面罩，希望來者誤認他是個身材矮小的無塵室工人，而不會發現他只是個小孩子。

一個白色的人影被清淨機送進了無塵室。這個人搖搖晃晃的，在白色連身衣裡面掙扎了一會兒直到站穩腳步。幾乎不可能看出他是誰，因為清淨機把這人的頭套和面罩裝反了，從面罩看進去只見到一頭黑髮。

「該死！」這個人狼狽地撞到組裝到一半的衛星，單腳在地上跳來跳去。「吼，強子對撞！撞到我的腳趾頭了，好痛，痛死我了！」

愛密特的胃一陣痙攣，好像吃到讓他過敏的食物，胃開始翻滾一樣。眼前的神祕客只可能是一個人，正是愛密特此時此刻最不希望撞見的人。

神祕客從疼痛恢復後，脫下裝反的頭套和面罩。毫無疑問，這個人就是艾瑞克。

「嗨，你好。」艾瑞克低頭看著偽裝後全身包得緊緊的愛密特，問道：

「你恰巧也在這裡上班嗎？」

「嗯，沒錯，我是在這裡上班！」愛密特裝出最低沉的嗓音回答：「我已經在這裡工作很久很久了。事實上我是元老級人物。不過因為我戴著面罩，所以你看不出來。」

「喔，不，我沒有任何特別的意思，你只不過看起來有點……怎麼說，也許有些……」

「我老了，縮水了。」愛密特用著成人的嗓音把話接下去：「我年輕的時候比較高。」

「當然，當然，嗯，真是有意思。」艾瑞克溫和地說：「這位先生，請問該怎麼稱呼？」

「哼，嗯……」愛密特清清喉嚨：「如果你不介意的話，請稱呼我教授。」

「抱歉，請問這位教授，您貴姓……？」

愛密特有點被嚇到，驚慌地回答：「史巴克教授（譯註：在美國電視影集《星艦迷航記》裡，史巴克是企業號艦長的左右手）。」

「……史巴克教授，」艾瑞克不疾不徐地重複一次。

「是的，沒錯，在……企業大學任教的史巴克教授。」

「那麼，史巴克教授，不知道是否可以請您幫個忙？我

正在找幾個小孩，他們好像不見了。不知道您有沒有看到他們？或者，德高望重的您是否曉得他們去了哪裡？從監視器上看來，他們是往這個方向過來。」

「小孩子？」愛密特暴躁地重複這幾個字：「我最不能忍受小鬼頭，我的無塵室裡不允許他們進入。不行，門都沒有，裡面絕對不能有小孩。」

「問題是，」艾瑞克心平氣和地解釋：「我真的必須要找到他們。剛開始知道他們不見的時候，我非常擔心，急著想知道他們是不是安然無恙。現在，情況更糟了。出了一些緊急狀況，這件事跟其中一個小孩有關。」

「真的？」愛密特問，已經忘了要裝出大人的聲音。

「這件事和其中一個小孩的爸爸有關。」艾瑞克說。

「他爸爸？」愛密特連忙脫下面罩：「我爸爸還好嗎？發生了什麼事？」淚水開始在他眼睛裡打轉。

「別擔心，」艾瑞克摟著愛密特，拍拍他的背，安慰著他：「你爹地沒事，是喬志的爸爸。」

艾瑞克開始把整個來龍去脈跟愛密特解釋：喬志老爸去哪裡、為什麼去、怎麼在南太平洋迷路的。但話

說到一半卻被清淨機運轉的聲音打斷。「嗶！嗶！嗶！」門
上的紅燈不停閃爍，表示有人進入了清淨機。

「把你的髒手拿開！」愛密特和艾瑞克兩人聽到一陣咆
哮：「我年紀大得可以做你奶奶了，給我放尊重點！」

機器發出嘎喳嘎喳的噪音，然後嘎然而止。一陣跺步聲
後，門被狠狠推開，一位暴跳如雷的老婦人——手裡拿著用
白色塑膠袋包得整整齊齊的枴杖和手提包，破門而入。

嗶嗶聲停止了，紅燈也不再閃爍。

「我的天，這些究竟是什麼鬼東西？」老婦人問。她沒
有穿上白色的外衣，身上仍然是她自
己的粗花呢上衣。「那些該死的機
器休想這樣對待我。啊哈，艾瑞
克！」老婦人瞥見艾瑞克，對著
他說：「我終於找到你了。你知
道的，你是沒辦法擺脫我的。」

「我現在開始意識到這個事
實了。」艾瑞克嘀咕。

「你說什麼？再說一次？我
耳朵聾了——你必須把話寫下

來。」老婦人把包著手提袋的塑膠袋扒開,從裡面翻出她隨身攜帶的筆記本。

「愛密特,」艾瑞克帶著任人擺布的口吻介紹:「這位是梅婆,喬志的奶奶。她今天來這兒要我幫她找到喬志的父親特倫斯。就像我之前跟你提過的,喬志的父親在南太平洋失蹤了。我先前收到的緊急呼叫其實是梅婆發的,而梅婆是喬志的母親黛西聯絡上的。」艾瑞克拿起梅婆的筆記本,潦草地寫下:**梅婆,這位是愛密特,他是喬志的朋友。他正要跟我說哪裡可以找到喬志和安妮。**

梅婆看著愛密特,給他一個打從心裡喜歡他的笑容。「喔,艾瑞克!」梅婆說:「你的記性真是糟透了!我已經在機場見過愛密特了,所以,我們已經是老朋友了。不過你要記住我耳朵不好,如果你要跟我說話,千萬要寫下來。」

「梅婆您好,祝您長命百歲,事事昌隆,」愛密特說,一隻手擺出《星艦迷航記》裡的瓦肯人祝頌手勢,另一隻手在筆記本寫下他的祝福。

「謝謝你,愛密特,」梅婆對著愛密特說:「我的確活了很久,也真的十分昌隆啊。」梅婆回禮說。

「我一點也不明白,你要怎麼拯救喬志的爹地?他人在

太平洋，可是你人在這裡啊？」愛密特問艾瑞克：「你要派一艘火箭去接他嗎？」

「你忘了嗎？」艾瑞克回答：「我——事實上是全球太空局——擁有繞著地球運轉的衛星。太空任務不是只有望向太空，它們也會望向地球，這樣我們才能知道我們的行星發生了什麼事。我已經麻煩衛星部門的同事留意太平洋的那個區域，看看他們是否可以找到特倫斯。一旦知道特倫斯在哪裡，我們就可以通知黛西和特倫斯的朋友，他們也就可以去拯救特倫斯。希望一切順利，特倫斯可以平安無事歸來。」

太空中的人造衛星

衛星是指繞著天體運行的物體，就像月球是繞著地球運行的衛星，而地球則是太陽的衛星。不過一般當我們講衛星時，大多是指那些用火箭送上太空的人造物體，它們通常肩負著諸如導航、氣象監測或通訊等任務。

火箭大約在西元 1000 年時由古代的中國人所發明。幾百年後，俄羅斯人在 1957 年 10 月 4 號以火箭把史上第一個人造衛星發射到地球軌道上，開啟了太空時代。史潑尼克（Sputnik）這個能夠將微弱的無線電訊號傳回地球的小球轟動了全世界。當時人們稱它為「紅月」，每個地方的人都爭相打開收音機接收來自它的訊息。位於英國焦德雷爾班克（Jodrell Bank）的天文望遠鏡馬克一號也成了第一座用來追蹤人造衛星行蹤的大型無線電望遠鏡。史潑尼克二號也很快隨著史潑尼克的腳步上了太空，史潑尼克二號的另一個名字叫帕普尼克（帕普 pup 意指小狗），因為它搭載了一位乘客：一隻名叫萊卡（Laika）的狗。萊卡是第一個從地球上到太空的生物。

1957 年 12 月 6 號，美國人試著將自己的人造衛星送上太空，但是這具衛星只離開地面 1.2 公尺就跟著火箭一起爆炸。1958 年 2 月 1 號發射的探險家一號就順利多了，也讓地球上的兩大超級強權展開了太空競賽。當時這兩個國家互相猜忌，他們很快就瞭解衛星非常適合用來進行偵察。他們希望藉由地球上空所拍攝到的照片，來瞭解對方的動向，促成了衛星革命的展開。

衛星科技最早是為了軍事和情報用途而發展。美國政府在 1970 年代曾發射 24 顆人造衛星，用來傳送時間和軌道資訊。這些衛星後來導致第一個全球定位系統（global positioning system，簡稱 GPS）的建立。這項科技能夠讓軍隊在夜晚穿越沙漠、讓長程飛彈準確地命中目標；現在則用來幫助數以百萬計的汽車駕駛免於迷路。衛星導航也幫助救護車能更及時抵達事故現場，還有協助海岸防衛隊進行搜救任務。

太空中的人造衛星

人造衛星也永遠改變了這個世界的通訊方式。1962年美國的一家電話公司發射了一具名叫「電視之星」（Telstar）的衛星，在美國、英國和法國進行了史上最早的電視實況轉播。當時的英國人雖然只看到幾分鐘模糊的影像，但是法國人則接收到清楚的影像和聲音。他們甚至還回傳尤蒙頓（Yves Montand）唱著「嘿放輕鬆點，你正在巴黎！」的影像。在人造衛星出現前，人們必須先把事件拍成影片，用飛機運送膠捲，才能在其它地方的電視上播出。有了電視之星之後，重要的世界大事——像是1963年美國總統甘迺迪的喪禮和1966年的世界盃足球賽——都可以在全球進行實況轉播。使用手機和網路時，你可能會用到人造衛星。

衛星影像不只可以用來偵察。從太空中觀察地球也可以幫助我們建立地球和大氣的模型。我們可以測量土地利用和城市擴張的情形，以及沙漠和森林範圍的變化。農夫可以利用衛星影像來監控玉米的生長情形，並決定那些區域需要施肥。

衛星還改變了我們對氣候的認識。它們讓天氣預測變得更加準確，告訴我們天氣形態是如何改變和移動。衛星無法改變天氣，但是它可以追蹤颶風、龍捲風和風暴，讓我們得以發布劇烈天候預警。

90年代末期，美國航太總署利用波賽頓衛星探測海洋，收集資訊供氣象學家了解聖嬰現象。而傑森是美國航太總署最近發射的另一系列衛星，用來收集海洋在影響地球氣候時所扮演的角色。這將會幫助我們更了解氣候的變遷，提供我們南北極冰帽融化、消失中的內陸海洋以及海平面上升等我們迫切需要的詳細影像。

衛星不只改變了我們對地球的認識，也改變了我們對宇宙的認知。哈伯太空望遠鏡是第一座大型太空天文臺。繞行地球軌道的哈伯望遠鏡幫助天文學家計算出宇宙的年齡，而且發現它正在加速膨脹當中。

目前地球軌道上大約有3千顆衛星，可以觀察到地球的每一寸地表。愈來愈擁擠的地球軌道有可能會變得相當危險。低軌道衛星的移動速度飛快（每小時約 3 萬公里），雖然造成碰撞的機率不大，但是一旦發生了就會是個災難。即使是一小片漆以這種速度撞上太空船都會造成損害。地球軌道上有上百萬片太空垃圾，不過其中只有約9千片的體積比網球來得大。

「難道衛星不能測量上升的海平面嗎？」愛密特問。

「嗯，是的，衛星是可以辦到。」艾瑞克回答：「如果他們請我幫忙，我一定義不容辭幫忙。但就算是這樣，人類的探險和現實的經驗仍然占有不可取代的地位。在探險的過程中，人類可以學到很多衛星不能幫我們的事。我們早該攜手合作這個計畫，不過現在再開始也不遲。總之，黛西打電話給梅婆，告訴她特倫斯失蹤的事，梅婆就一路找到我這裡來了──我只能說，找到我是件明智之舉。我們應該很快就可以找到特倫斯。」說完，艾瑞克顯得有些沾沾自喜。「對了，喬志和安妮去哪裡了？你們在玩捉迷藏嗎？」艾瑞克笑著問。一聽到這話，愛密特的心幾乎快跳了出來。

「我們在玩一種遊戲。」愛密特結結巴巴地說。

「很好啊！」艾瑞克說：「**梅婆，這些孩子們正在玩一種遊戲！**告訴我們要怎麼玩，我們才能加入你們，我想知道我之前錯過什麼了。」

「嗯，你知道的，有點像尋寶遊戲，」愛密特吞吞吐吐地說出口。

「嗯……然後呢？」

「遊戲？」梅婆開心地說：「好刺激！」

　　「就是，你得先找到線索，然後跟著線索，找到下一步往哪裡去，」愛密特繼續胡謅。他希望自己可以立刻把自己送上外太空，不用把藏不住的事實道破。

　　艾瑞克在梅婆的筆記本上草草寫下一些東西。

　　「尋寶遊戲！真是太棒了！」梅婆讚嘆，繼續讀著艾瑞克在筆記本上寫的字。「天呀，艾瑞克，你不只是記性差，連字也寫得很差！你究竟是怎麼活過來的呀？」梅婆忍不住抱怨。

　　「是什麼線索？他們到哪裡去了？」

　　艾瑞克臉上原本掛著笑容，直到聽見卡斯摩在隔熱毯下發出一個很大的聲音。「呼！輸送完成！進入第三階段的任務。」頓時，艾瑞克的笑容僵住了。他衝到那堆錫箔紙前，掀開之後發現下面是那臺超級電腦。

「那是我的電腦！」艾瑞克的咆哮聲連梅婆都可以毫無困難地聽到。

「喬志和安妮究竟跑到哪裡去了？」

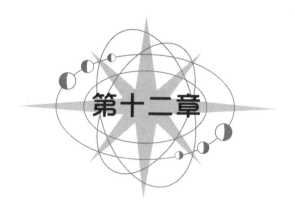

火冒三丈的艾瑞克看在愛密特的眼裡，好像一顆爆炸的超新星——超新星爆炸時所發出的光芒強烈無比，就算是整個銀河也相形失色。艾瑞克怒火中燒的雙眼狠狠瞪著愛密特。

「如果你做的事正是我心裡想的⋯⋯」艾瑞克說。

愛密特支支吾吾，像隻金魚一樣張口、閉口，一個字都吐不出來，只能從喉嚨發出咯咯的聲音。

「喬志和安妮在哪裡？」這次艾瑞克的語氣比較溫和，可是依然堅定，一副怒氣未消的樣子。

「嗯……嗯……嗯……」愛密特吞吞吐吐。

眼尖的梅婆打量著艾瑞克和愛密特，企圖從這兩人的對話拼湊出一個故事。

「告訴我，我必須知道實情。」艾瑞克說。

愛密特咬著嘴唇，依然不吭聲，他吞吞口水，一臉快要哭出來的表情。

「好吧，如果你不告訴我，我自己去問卡斯摩！」艾瑞克在電腦前的地板上跪了下來，生氣地敲著鍵盤。「你這小子！」艾瑞克自言自語道：「竟敢背著我做這種事！」

梅婆一跛一跛走到愛密特身旁，把筆記本和鉛筆遞給愛密特。

「如果有什麼事情讓你難以啟齒，」梅婆輕聲說：「也許你可以用寫的？我可以幫你跟艾瑞克說。」

愛密特滿懷感激地看著梅婆，咬著鉛筆末端，不知一切從何說起。

「如果我問你一些問題，這樣會不會比較容易些？」梅婆和藹地問：「艾瑞克為什麼那麼生氣？」

因為我們把卡斯摩，一臺很特別的電腦拿走了。愛密特字跡工整地在筆記本上寫著。

「卡斯摩有什麼特別的地方？」梅婆問。

它可以帶你穿越宇宙。

「喬志和安妮到宇宙旅行了嗎？」

愛密特點點頭，眼睛充滿恐懼。梅婆沒有任何責怪他的意思，只是對他笑一笑，要他繼續寫下去。愛密特深深吸了一大口氣，繼續寫著：**他們已經去過泰坦了，剛剛從宇宙之門跑到離地球最近的恆星系統，半人馬座阿爾法，因為他們認為可以在那裡找到下一個線索。第一個線索是在地球上找到的，第二個線索是在火星上找到的，而第三個線索是在泰坦上找到的。**

「啊，就是在尋寶。」梅婆恍然大悟地點點頭。

艾瑞克繼續用力敲著卡斯摩的鍵盤。看來，卡斯摩並不聽艾瑞克使喚。「走開！禁止登入！」這臺超級電腦怒氣沖沖地說。愛密特緊張兮兮地看著艾瑞克和卡斯摩。

「線索是誰留下的？」梅婆問。

我們也不知道，可是，每個訊息都有相同的結尾——如果我們不照著指示做，地球就會毀滅。

「你們對那些線索有沒有進一步的看法？」

事實上，愛密特心不在焉地在紙上亂畫一通，接著寫

著：**我是有一些頭緒，可是，我不確定……**。愛密特畫了好幾個點。

「繼續說，」梅婆把手放在愛密特的肩膀安慰他，完全不理會艾瑞克發出那聲鬱卒的吼叫。「我們待會再去管他。」

第一個線索是在地球收到——地球已經有生命存在了。第二個線索是在火星收到——火星上有生命可能曾經存在的跡象。第三個線索是在泰坦這個土星的衛星收到——泰坦或許就像生命誕生之前的地球，所以，第四個線索可能要到半

人馬座阿爾法去尋找。半人馬座阿爾法是離我們最近的恆星系統，也是我們可能會尋找太陽系外生命跡象最近的地方。他們必須找到一個在雙星系統的星球。這是線索所提示的。

「所以，你認為，為了防止地球上的生物滅亡，他們正在追蹤宇宙的生命跡象？」梅婆總結：「愛密特，你真是個聰明絕頂的小孩。艾瑞克！」梅婆用枴杖在艾瑞克的背戳了一下。

「別。煩。我。正。在。忙。」艾瑞克說。這時，卡斯摩對艾瑞克嘘了一聲。梅婆說：「唉，你給我聽好，我有話要說。當你活到我這把歲數，不管別人聽不聽，你都有講話的權利。艾瑞克，你把這個小可憐嚇壞了，他根本不敢跟你說他知道的事。如果你能收起你的臭脾氣，對他友善一點，他可以幫你解決卡斯摩的問題，而不會嚇得像驚弓之鳥了。」

艾瑞克在梅婆的筆記本上寫著：**這小子把安妮和喬志害慘了。我氣炸了。**

「看得出來你很不爽，」梅婆說：「但你也浪費了寶貴的時間。你必須聽別人解釋。還有，不要再責怪愛密特了。」

艾瑞克這回真的是氣壞了，一股腦把憤怒發洩出來：「這小子自己把電腦修好卻沒讓我知道，然後又讓安妮和喬志根據一些毫無根據的訊息跑到宇宙去，這些訊息是卡斯摩故障時產生的，是安妮憑空想像的，來自一些根本不存在的外星人。現在卡斯摩又故障了，而我們根本不知道能不能把安妮和喬志帶回來！」

梅婆把艾瑞克說的話一字不漏聽進耳裡。「別說了！」梅婆打斷艾瑞克：「這不是愛密特的錯。這一切都是我孫子和你女兒捅出來的紕漏。你不相信？你瞧瞧這些，他們黏糊糊的指紋碰得到處都是，這就是證據。喬志跟我說他到佛羅里達是因為安妮有要緊的事要他幫忙。我猜安妮說的一定是這件事。他們跑去太空是因為他們相信地球有危險，他們要拯救地球。根據愛密特的解釋，他們在地球上收到第一個線索，於是他們跟著線索來到火星，發現火星有另一個線索，火星上的線索把他們引向泰坦。現在他們已經離開泰坦，去找下個地點——」梅婆看了一下她的筆記本：「半人馬座阿

爾法。」

「什麼？妳是說他們不是因為貪玩，所以跑到太空去？他們真的是根據線索，一個一個尋找結果？」

愛密特點點頭，眼睛閉得緊緊的，不敢看艾瑞克。

「這種事怎麼會發生？」艾瑞克不可置信地驚叫。

「當我幫卡斯摩更新程式時，我創造了遠距入口的應用系統，」愛密特低聲補充：「真的很對不起。」

艾瑞克摘下眼鏡，揉揉雙眼：「你說，他們到火星時，發現另一個線索正等著他們？」

「是的，荷馬的輪胎在火星表面畫出另一個線索。」

艾瑞克把眼鏡戴上，連忙跳了起來。「愛密特，」艾瑞克把愛密特的肩膀轉過來，對著他說：「我不應該對你大吼大叫的，我真的很抱歉。我必須馬上去找安妮和喬志。你可以把我送到半人馬座阿爾法嗎？」

愛密特的肩膀往下沉了一些，緊張地回答：「我可以試試看。可是卡斯摩還是有點狀況，我擔心它用了太多記憶體了。不知道再送一個人到宇宙是不是可以行得通。」

但艾瑞克逕自跑去拿他的太空衣了。

愛密特一屁股坐下，盤腿坐在卡斯摩面前。梅婆在他身

後惋惜地說：「我這身老骨頭，沒辦法這樣坐下去。」

「喔，是喔！」愛密特立刻跳了起來，拿起卡斯摩，把它放在一個半成品的衛星上，好讓喬志奶奶看到螢幕。接著，愛密特用一些機械零件拼湊出一張椅子，讓梅婆坐下。

「謝謝你，愛密特，你真窩心。」

「小事一樁，」愛密特認真地說，繼續把一些錫箔紙鋪在梅婆的膝蓋上，好讓她坐得舒服些，可是梅婆卻把他的手拍走。

「去去去，你忙你的，不用管我！」梅婆慈愛地說。

愛密特心裡頭七上八下地輸入密碼，擔心卡斯摩會像

對待艾瑞克一般對待他。「允許登入。」卡斯摩彬彬有禮回答。愛密特接著輸入一個指令，找出上一次開啟宇宙之門的紀錄，好把艾瑞克從地球送到安妮和喬志所在的位置。這一次，愛密特擔心的不是卡斯摩的態度，而是它執行指令的能力。

「繞著……半人馬座阿爾法……運轉的行星，」卡斯摩緩緩地說：「搜尋上次宇宙之門在半人馬座阿爾法恆星系統的座標紀錄……搜尋中……繞軌道運轉的行星……搜尋資料……搜尋最後一次宇宙之門位置……」卡斯摩螢幕上出現一個小小的沙漏。愛密特在鍵盤上按了幾個鍵，可是卡斯摩仍然沒有動靜，沙漏閃爍了幾次，好像在提醒愛密特，卡斯摩還在運轉。

等待的同時，愛密特在梅婆的筆記本寫下：**我覺得它的記憶體快用完了。遠距開啟宇宙之門非常耗記憶體。現在，我們最好不要再問它太多困難的問題。**

「我們要知道什麼嗎？」梅婆問。

「**我們要知道卡斯摩把安妮和喬志送去哪。他們兩個要它找到一顆半人馬座阿爾法恆星系統裡的行星。**」

「那你要如何在太空裡找一顆行星……？」

如何在太空裡找一顆行星

　　行星不會自己產生能量，所以和那些擁有核子動力的母恆星相較之下非常暗淡。如果你用一個強大的望遠鏡去拍攝行星，將會發現它微弱的光芒被掩蓋在恆星的炫目光芒下。

　　但是我們可以藉由行星施加在恆星上的重力偵測出它們的存在。行星的重力會把蘋果、月球和人造衛星往自己拉，同樣地也會在自己的母恆星上施加重力。就像拴在皮帶上的狗狗會拉著牠們的主人到處跑一樣，行星也會藉由如皮帶般的重力拉扯它的母恆星。

　　天文學家可以觀察一些附近的恆星，特別像是最接近我們的半人馬座阿爾法 A 或 B，看它是不是受到一顆看不見的行星的牽引。當恆星的運動受到影響時就暗示著行星的存在，而我們有兩種方式可以偵測這種運動。

　　第一種方式是當這顆恆星靠近或遠離我們時，來自它的光波會被壓縮或拉伸（這叫都卜勒效應）。

　　第二種方式是以兩座望遠鏡將來自同一恆星的光波合成後，也可以偵測到恆星的運動情形。

　　小到像地球一樣或大到和木星差不多的行星，都可以用這些技術找出來。

　　搞不好有一天，你也會找到一顆從來沒人發現過的行星。

吉歐夫 Geoff

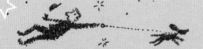

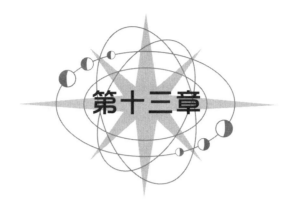

第十三章

經過卡斯摩的一番搜尋，安妮和喬志經由宇宙之門，從泰坦來到一個繞著半人馬座阿爾法 B 運轉的行星。「呦！」安妮抱怨，並用手臂擋住刺眼的強光。好險，不需幾秒，太空頭盔上特殊材質的玻璃面罩顏色自動變深，讓安妮又可以張開眼睛。

「哇！好亮喔。」

跟在安妮後頭走出來的喬志說。比起在火星和泰坦上，他們這一次的裝備比較齊全。他們拿出附在太空衣上的緊急繩和金屬釘，打算把自己拴在這個新行星的表面。沒想到，當他們踏出宇宙之門，赫然發現自己不但沒有

浮起來，反而覺得自己比在地球上還要重。他們當然還是可以走動，可是腳好像有千斤重，每走一小步都很辛苦。

「好累喔！」安妮丟下繩子和釘子：「我覺得整個人被壓扁了。」感覺很像有人把她往被漂白的地表使勁壓下去。

「這裡的重力比較大！」喬志說：「我們一定位於一個和地球類似的行星，但這個行星的質量比較大，所以我們會覺得重力比在地球上強。不過並沒有大太多，否則我們現在早就被壓垮了。」

「我想坐下來，我好累喔。」安妮氣喘吁吁地說。

「不行！不可以！」喬志說：「妳一旦坐下來，就有可能不會起來了。安妮，妳不可以坐下來，否則我們無法離開這裡。」

安妮呻吟了一聲，忍不住往喬志身上靠，她覺得自己好像有一噸那麼重，再也無法撐下去了。喬志搖搖晃晃試著要站直，並且抓住安妮。

「安妮，我們必須找到下一個線索，然後盡快離開這裡，」喬志氣急敗壞地說：「這裡的引力太大了，已經超過我們身體所能負荷的狀態。如果我們像螞蟻一樣小，要承受這樣的重力不會有任何問題，問題是，在這個大重力的地

方，我們的體積太大了，而且這裡太亮了。我的眼睛已經快受不了了。」

　　火星和泰坦上的光線比地球暗多了，這個行星的光線亮得快把人的眼睛弄瞎。雖然深色面罩可以像強化太陽眼鏡一樣，保護他們的眼睛，可是，要張開眼睛看東西仍然有困難。「不要直接注視太陽，」喬志警告：「這裡的太陽比我

們的太陽亮太多了。」

　　這個又重又熱的新行星一片荒涼，並沒什麼好看的。周遭綿延好幾英里都是光禿禿的石頭，被炙熱的強光烤得發燙。喬志焦急地環顧四周，希望可以找到第四個線索。

　　「那……是……什麼？」安妮含糊不清地慢慢吐出這幾個字，整個人往喬志身上靠，一隻手臂無力地下垂。

　　喬志搖著她，對她說：「安妮，醒醒！快醒醒啊！」強光和重力似乎把安妮壓垮了。喬志連忙呼叫卡斯摩或愛密特，第一次是忙線中，第二次是答錄機留言：**感謝您的來電。請按井字鍵後再按一，您將轉接至──**，接著就斷訊了。

　　安妮整個人倒在喬志身上。在這個行星，安妮變得好重，重得讓喬志覺得自己好像扛著一隻小象。喬志站著，讓安妮的頭靠在他肩膀上，並且用手圍著她。喬志開始覺得很害怕。他想像著，多年以後，如果有太空人來到這個離地球最近的恆星旁的不知名行星，在這乾旱的地表上，他們可能會發現兩個人類小孩的屍體，被曬得又乾又扁。眼冒金星的喬志繼續狂想著，太空人走出太空船後，宣稱在這個新行星只找到兩具屍體，而

這兩個人類小孩經過了四光年的旅行，到達這個煉獄般的地方，只為了在這太陽的烈焰下死去。

正當喬志絕望到要放棄，開始變得垂頭喪氣時，天空的強光開始稍微變弱，刺眼的白光變成柔和的黃光。

「安妮，妳看！」喬志搖搖臂彎裡的安妮：「太陽下山了！妳就要沒事了！再撐幾分鐘就好了。太陽橫過天空的速度很快——嗯，比地球上的太陽還快。只要太陽一下山，我們就不會熱得頭腦發昏了，到時候，我們就可以去找線索了。」

「什麼？」安妮恍惚地問，勉強從喬志的肩膀擡起頭來望著他身後。「可是，太陽才沒有掉下去！它是升上去……好漂亮。」安妮帶著夢幻的口吻說：「明亮的星星從天空升起來了……」

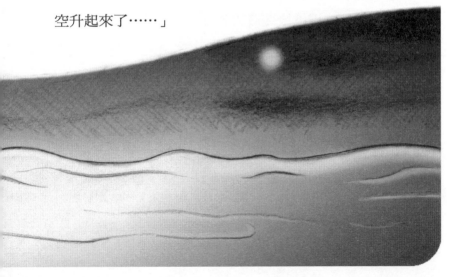

「安妮，太陽不是升上去！」喬志猜安妮一定產生幻覺了：「集中注意力看好！太陽是下降，不是上升！」四周的光線柔和地漸漸變暗。

「別傻了！」安妮聽起來很不高興，聲音比較有力了。喬志鬆了一口氣——如果安妮還會生喬志的氣，表示她好多了。「我可以分辨上跟下，而且太陽是升上去的！」

他們兩個稍微分開了幾公分，面對面站著。

「是這邊，」安妮用手比著說：「往上！」

「不，是那邊！」喬志說：「下面！」

「你轉過去，」安妮命令。

喬志非常慢地轉過身去——在這個高重力的行星，想要快速行動比登天還難。他發現安妮說對了，身後的天空有一個小小的太陽，亮澄澄地從這個遍布岩石的行星升起。它的陽光沒有另一邊的陽光耀眼，溫和的光芒照耀著他們，意味著在這個明亮而荒蕪的行星，黑夜並不常有。

「當然！就像線索提示的，我們現在位於一個雙星系統！這個行星有兩個太陽！」喬志說：「我很確定我曾經在網路上看到這個恆星系統的文章。其中一顆太陽比另一顆大——剛下山的那個一定是阿爾法 B，行星正繞著它運轉，

而它會看起來比較大是因為我們離它比較近。另一個一定是半人馬座系統的另一顆星，阿爾法A。事實上阿爾法A比較大，不過，我們離它比較遠。」

當光線變得較為柔和時，他們終於可以把周遭的景色看個清楚，不遠處的地表有個非常巨大的凹洞，他們看到凹洞的邊緣。

「我們過去看看那個大洞。」安妮說。

「為什麼要過去看？」喬志不解地問。

「反正這裡也沒有其他東西可以看！」安妮聳聳肩回答：「洞裡面有另一個線索也說不定。在火星和泰坦上，卡斯摩都把我們帶到離線索很近的地方。還是你有比較好的建議？」安妮一反

平常的脾氣，變得相當隨和。

「沒有，我沒什麼意見。」喬志回答。喬志又試著呼叫愛密特一次，可是呼叫器仍然處於忙線狀態。

「來吧，可是我不想用走的。」安妮說，四肢撲倒在地上，開始往隕坑爬去。

喬志原本打算要用走的，可是站著走路實在是太難、太慢了，他好像《綠野仙蹤》裡的錫人，必須把每隻腳往前甩出去，才能邁開一步。所以他也跪在地上往前爬，跟著安妮來到隕坑邊緣，低頭往下看看隕坑底部有什麼。

「這裡什麼都沒有。」安妮看著由彗星或小行星碰撞所形成的大坑洞，失望地說。

喬志爬到安妮身旁，問道：「我們可以在哪裡找到下一個——」話說到一半，喬志就打住了，因為就在這個令人感到絕望的時刻，在隕坑的底部，一件意想不到的事情發生了！一開始隱約模糊的影子，幾秒之內就愈來愈清晰。宇宙之門出現了，裡面走出一個再熟悉不過的人影，此時喬志頭盔裡的呼叫器也回復正常。

「喬志，我是奶奶，你聽得到我說話嗎？」

第十四章

　　艾瑞克敏捷地從宇宙之門走出來後，馬上在隕坑底部跌了個狗吃屎。原本他已經準備了一番訓詞，打算好好教訓這兩個小鬼；沒想到他一來到這個行星，「該死！」卻是他迸出口的話。

　　「爹地！」在隕坑邊上的安妮大聲喊叫，淚水不爭氣地飆了出來。看到爹地讓安妮欣喜若狂，再也顧不得艾瑞克是不是會生她的氣了。安妮的肚子貼著地面，從隕坑邊緣往底部蜿蜒前進，艾瑞克翻過身來躺在地上，安妮整個人往前撲，給艾瑞克一個大大的擁抱。

　　「爹地！」安妮啜泣著說：「這裡好糟糕！我不喜歡這個行星。」

　　艾瑞克深深嘆

了口氣，連遠在地球的愛密特和梅婆也聽得一清二楚，原本打算責備安妮的那番長篇大論——小孩子不可以單獨到外太空旅行——也吞回肚子裡去了。他心疼地抱著安妮。

喬志的奶奶可沒這麼保留。「喬志！」奶奶嚴厲的譴責從地球連線過來：「你這個兔崽子，竟敢把我拐進這個危險的計畫，完全不讓我知道。我很氣你沒有先告訴我你想到美國的真正原因……」她嘮嘮叨叨數落喬志的不是。喬志很想把音量關小，就像愛密特對卡斯摩做的事一樣。這時，喬志看到隕坑底部的艾瑞克向他示意，要他爬下來加入他們。

「奶奶，對不起啦！我得走了！等一下再找妳。」喬志沿著隕坑的側邊往下滑，加入了艾瑞克和安妮。在繞著半人馬座阿爾法系統的阿爾法 B 運轉的某個不知名行星，三個人抱成一團。

「我得先把宇宙之門關上一會兒，因為我沒辦法同時保留宇宙之門，又要卡斯摩執行其他的任務。等一下宇宙之門消失的時候先別慌張。我會盡快把它弄回來。」愛密特解釋。

宇宙之門變成半透明，開始逐漸消失。喬志、安妮和艾瑞克躺在火山壁崎嶇的表面，看著阿爾法 A 緩緩移過萬里無

雲的夜空。

　　艾瑞克躺在安妮和喬志中間，對他們說：「我們又在一起了，又被困在外太空了。」這時，宇宙之門已經消失無蹤。

　　「我們可以回家嗎？」安妮啜泣：「我受夠了。」

　　「快了，快了。」艾瑞克溫和地說：「只要愛密特把回程的宇宙之門修好，我們很快就可以回家了。」

　　「什麼？」喬志驚叫：「你說我們不能回地球？」喬志試著坐起上半身，可是馬上察覺到他沒有一絲絲力氣去對抗重力，只好乖乖躺回去。

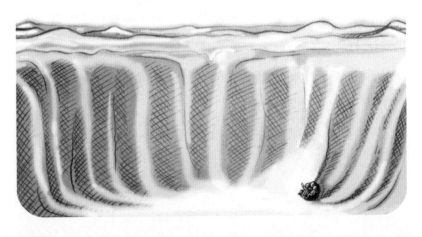

「恐怕如此。卡斯摩出了些問題，不過，愛密特正在極力搶救中。如果不是我對愛密特有足夠的信心，相信他的能力，我也不會放手讓愛密特主控卡斯摩。愛密特已經做得很好了，他做到的遠遠超過我的想像。」艾瑞克靜靜地說。

「你是說，雖然知道我們有可能回不去，你仍然跑來找我們？你知道我們可能永遠被困在這裡？」安妮問。

「我當然知道，可是我不能丟下你們不管。」

「喔，爹地，我真的很對不起你！如果我們在這個行星上被烤成肉乾脆片，都是我的錯。」安妮失聲大哭。

「傻孩子，別哭了，這不是妳的錯，而且，我們會平安無事的！我們不會在這裡停留到被烤焦，」艾瑞克拍胸脯保證：「可是我們必須在阿爾法 B 升起前離開這裡。就算我們穿著太空衣，這裡對我們而言實在太熱了，因為這裡距離太陽太近，這也說明了為什麼這裡沒有水和生物。我們待會兒會到其他地方去，舒服一點的地方。」

「卡斯摩還可以送我們到更遠的地方嗎？」喬志滿懷希

望地問，他這輩子再也不想看到阿爾法 B 刺眼的強光了。

「可以，」艾瑞克自信地表示：「有時候，為了能夠回家，我們必須先到更遙遠的地方。所以別擔心我們會往錯誤的方向去。往樂觀的一面想。」

「阿爾法 B 多快會再升起來？」喬志問。

「我不確定，可是我們必須趕在黎明之前離開。」

「我們要去哪裡？」安妮問。

「另一個行星。卡斯摩正在尋找下一個我們能去的行星。愛密特告訴我，你們繞著整個宇宙是為了尋找線索——某種形式的宇宙尋寶。」

「嗯，是的，」喬志承認：「每個地方都讓我們找到新的線索，把我們引到下一個地點。」

「因為在泰坦上找到的線索，告訴你們應該去一個雙星系統的某顆行星，而這顆行星繞著其中一顆星星的軌道運行，所以你們才會到這裡，是嗎？」

「都是我們自以為聰明。」安妮難過地說。

「你們三個的確是很聰明啊！愛密特相信這些線索帶著你們追蹤宇宙生命的跡象。如果他的推測是正確的，我們必須找到一個位於『適居帶』的行星，也就是一個恰到好處的

行星，既不會太熱，也不會太冷。」

「喔，我明白了，目前所在的這個行星太熱了！這不是我們要的。」喬志說。

「我還想到另一個支持的論點。線索裡提示了幾顆星星？」艾瑞克問。

「兩顆。」喬志說。

「這裡有三顆，」艾瑞克說：「那顆比較不亮的星星，也就是那邊那顆只能勉強看到的星星，它叫作比鄰星（Proxima Centauri），它會有這個名字是因為它最靠近地球。所以，這是個三星系統，而非線索提示的雙星系統。」

「哦，真慘！搞錯星系，來錯行星。我們現在要怎麼做呢？」喬志問。

「所以，你現在相信我們了嗎？相信那些線索和訊號？」安妮插嘴。

「我相信你們了，寶貝女兒，」艾瑞克承認：「真是對不起。我確定那些訊息是針對我來的，而不是你們。唉，如果我能立刻把你們送回地球，我一定會這麼做，可是我沒辦法做到，也不能把你們留在這裡。我想，我們只能一起繼續在宇宙尋寶了。你們願意跟我一道來嗎？」

半人馬座阿爾法（南門二）

半人馬座阿爾法（又名「南門二」）是離太陽最近的恆星系統，它和我們之間的距離只有 4 光年。夜空裡的阿爾法看起來像是一顆星星，但實際上它是一個三星系統。阿爾法包括了兩顆大小和太陽相當的恆星（阿爾法 A 和阿爾法 B，兩者間的距離大約是地球到太陽距離的 23 倍），每隔 80 年會繞著共同的中心點運轉一周；以及一顆較為暗淡的比鄰星（Proxima Centauri），遠遠繞著另外兩顆恆星運轉。其中比鄰星是最靠近我們的恆星。

阿爾法 A 是一顆黃色的恆星，和我們的太陽非常相似，但亮度和質量略大。

阿爾法 B 是一顆橘色的恆星，溫度和質量略低於我們的太陽。一般認為阿爾法系統比我們的太陽系早十億年出現。阿爾法 A 和阿爾法 B 跟我們的太陽都是穩定的恆星，可能和太陽一樣誕生時周圍都有一個孕育行星形成的塵盤。

2008 年時，科學家認為其中的一顆或兩顆恆星可能會擁有行星，於是他們利用位於智利的一座望遠鏡仔細監測阿爾法，希望可以藉由星光的一些小擺動證明在離我們最近的這個恆星系統中有行星存在。天文學家正試圖確認是不是有個像地球一樣的世界正繞著阿爾法B這顆安靜的恆星運轉。

在南半球可以很容易看到阿爾法，它是半人馬座的一分子，它的英文名字是 Rigel Kentaurus（源自於阿拉伯文），意為「半人馬的腳」。半人馬座阿爾法是依拜耳命名法（天文學家拜耳〔Johann Bayer〕在 1603 年所提出的命名系統）所命名。

阿爾法 A 和阿爾法 B 是一個雙星系統。這表示如果你站在一顆繞著其中一顆恆星公轉的行星上，你會在某些時刻同時看到兩顆太陽！

安妮挨近艾瑞克：「我願意。」回答的口吻非常肯定。

「我也願意，」喬志說：「讓我們完成這個任務，查出到底是誰留下這些訊息。」

「我要呼叫宇宙之門了，」艾瑞克說。在隕坑的一邊，他們已經看到破曉的曙光，阿爾法 B 正在地平線下流連。「愛密特！我們有回地球的可能嗎？」

「還沒，不過我倒是有些好消息……」

「你找到一個正確的行星？一個位於適居帶，跟地球大小相近的行星？」

「完全正確，」愛密特虛弱地說：「至少，我們有新發現，而且這個發現最接近我們的推測。我找到的天體不是一顆行星，而是顆衛星。」

「卡斯摩還可以支撐多久？」艾瑞克問。

「我只是要你知道，」梅婆插嘴：「我答應了喬志的爸爸媽媽，保證他在美國這段時間毫髮無傷！如果喬志有什麼三長兩短，你叫我怎麼跟特倫斯和黛西交代……」

「卡斯摩的功能運作正常。」愛密特緊張地解釋：「回程的宇宙之門已經快更新完畢了，只要更新一完成，我馬上把你們帶回地球。再等一下下，我會把你們弄回來的。」

明亮的光線悄悄劃過隕坑，把陰影趕出山谷。

「不行，此處不宜久留！」艾瑞克下令：「愛密特，送我們到其他地方。還有，梅婆，妳別擔心，我們會回去的。」

適居帶

我們的銀河系裡，至少有約一千億個岩石行星。其中我們的太陽就擁有四個：水星、金星、地球和火星，但只有地球擁有生命。

為什麼地球如此特別？

答案是水，特別是液態的水。水是絕佳的化學物質混合劑，可以讓它們分散開來，也可以讓它們結合成新的生物建構單元，像是蛋白質或去氧核醣核酸（DNA）。少了水，出現生命的機會微乎其微。

行星的溫度必須在攝氏零度到一百度之間，才能讓水維持在液態以涵養生命。

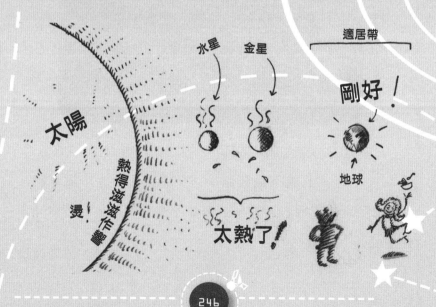

太陽

熱得滋滋響

燙！

水星　金星

太熱了！

適居帶

剛好！

地球

　　軌道過於接近母恆星的行星，會接收太多能量而變得非常炙熱，讓所有的水都受熱蒸發成水蒸氣。

　　離母恆星過遠的行星則由於只接收到少量的能量而非常寒冷，使得水只能保持在冰的狀態。例如火星的南北極就含有大量的冰。

　　對每顆恆星而言都有個適當的距離，使得行星接收和放出的熱量約略相等。這種能量平衡有點像恆溫器，幫助行星維持在微溫的狀態，讓水正好能以液態存在於湖泊與海洋中。當行星位於適居帶之內，它就有可能保持溫暖並泡在液態的水裡至少數百萬年，讓生命得以繁衍茂盛。

吉歐夫 Geoff

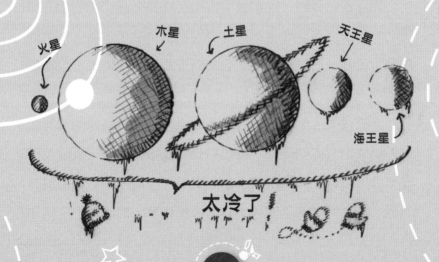

火星　木星　土星　天王星

海王星

太冷了！

第十五章

　　為了避免站起來走路時所承受的重力，艾瑞克、安妮和喬志一行人乾脆用爬的到達宇宙之門入口。艾瑞克首先跳進去，緊接著把安妮和喬志兩個人也拉了進去。正當三個人穿過宇宙之門的時候，阿爾法 B 升起了，萬丈光芒照遍了這個又熱又重的星球。

　　到達新世界時，他們發現自己可以在布滿岩石的地表穩穩站立，既沒有飄在半空，也沒有被壓得喘不過氣。他們覺得相當自在，可以行動自如地到處走動，不用繩索，也不需要在地上爬。

　　光線從天上的星星照射下來，這顆星星有點像地球的太陽，散發出宜人的光芒，這裡的光線既不會太亮，溫度也不會太低。這裡一點也不像火星和泰坦——這裡的岩石上沒有冰塊。遠方傳來湍急的流水聲。感覺起來，他們似乎身處在

一個布滿岩石的山谷底部。

「那是什麼聲音？」安妮問：「我們在哪裡？我們回到地球了嗎？」

「聽起來像是水聲，可是看不到哪裡有水。」喬志說。

「我們目前位於巨蟹座 55 恆星系，它是一個雙星系統。你看到了嗎？那顆在天上閃閃發亮的黃矮星，它就像我們的太陽一樣。再過去一點，那邊有一顆紅矮星。」艾瑞克說。

遠在地球上的愛密特也加入他們的談話：「你們在某顆衛星上，而這顆衛星繞著巨蟹座 55Ａ的第五顆行星運轉，第五顆行星正好位於適居帶內，可是那顆巨大的氣體行星大約是土星的一半大小，我不認為你們想去那兒。」

「幹得好，愛密特！你做了一個很聰明的判斷。」艾瑞克說：「我一點也不想穿過一層又一層的氣體，至少今天不想。」

安妮和喬志伸伸懶腰，動動四肢。能夠

巨蟹座 55

☆ 巨蟹座 55 是位於巨蟹座、離我們 41 光年遠的雙星系統。其中巨蟹座 55 A是一顆黃色的恆星，巨蟹座 55 B 則是一顆較小的紅矮星。這兩顆恆星繞著彼此運行，兩者之間的距離是地球與太陽距離的 1000 倍。

☆ 在 2007 年 11 月 6 日，科學家發現了繞著巨蟹座 55 A 運轉的第五顆行星。這是除了太陽以外，已知唯一擁有多達 5 顆行星的恆星。

☆ 巨蟹座 55 A 的第一顆行星發現於 1996 年，它被命名為巨蟹座 55 b，其大小和木星相當，而且非常靠近它的母恆星。在 2002 年時又發現了另外兩顆行星（巨蟹座 55 c 和巨蟹座 55 d）；2004 年時發現的第四顆行星巨蟹座 55 e 的大小和海王星相當，只要 3 天就能繞巨蟹座 55 A 一圈。這顆行星非常非常熱，其表面溫度可能高達攝氏 1500 度。

☆ 第五顆行星（巨蟹座 55 f）的質量大約是土星的一半，而且正好位於適居帶內。這顆行星是顆氣體行星，和我們的土星一樣，幾乎全是由氦氣與氫氣所組成。但是巨蟹座 55 f 的衛星，或是位於適居帶內的其它岩石行星表面或許會擁有液態水。

☆ 巨蟹座 55 f 和其母恆星間相距 0.781 個天文單位。天文單位是天文學家在談到行星軌道以及行星到恆星間的距離時所使用的單位。1 天文單位大約是 1 億 5 千萬公里，它是地球到太陽的平均距離。由於地球擁有生命與液態水，所以離太陽 1 天文單位的距離正好就是太陽系的適居帶。也就是說，如果有行星在距離質量、年齡與亮度都和太陽相當的恆星 1 天文單位左右的地方運轉時，它可能就位於適居帶內。巨蟹座 55 A 比太陽老一些也暗一些，天文學家計算得出的適居帶在 0.5 到 2 天文單位之間，而巨蟹座 55 f 正好就位於這個區域。

進行多行星系統的觀測非常困難，因為每顆行星都會分別造成一些星光的擺動。在尋找多行星系統時，天文學家必須能觀察到擺動中的擺動！加州的天文學家們已經花了 20 年以上的時間來監測巨蟹座 55，所以才能把這些行星找出來。

比較巨蟹座 55 行星系統（左）的大小和位於蝘蜓座一個棕矮星行星系統（右）大小的想像圖

再度行動自如的感覺真好。

「我們現在可以把太空頭盔脫下來嗎？」安妮問。

「不行，千萬不可！」艾瑞克嚴厲地阻止：「我們對這裡的大氣組成一點都不清楚，貿然把頭盔脫下來實在是太冒險了。妳先讓我檢查一下妳的氧氣表。」艾瑞克看了安妮的氧氣缸一眼，發現它就快接近紅色區域，表示氧氣所剩不多，已經瀕臨危險的地步了。喬志的氧氣還在綠色區域，表示氧氣還夠用。艾瑞克不發一言，逕自呼叫愛密特：「愛密特，我們還要在這裡停留多久？」

「我肚子好餓，」安妮嘀咕：「這裡有東西可以吃嗎？」

「我不認為宇宙的盡頭會有餐廳。」喬志說。

「我們還沒到宇宙的盡頭。」艾瑞克一邊回答，一邊等待愛密特的回覆：「我們已經很靠近地球了——這裡離地球

只有四十一光年遠！現在，我們甚至還沒離開我們所處的銀河。從宇宙的觀點來看，這樣的距離有點像喬志從英格蘭到美國，這可以算是一趟旅行，但還不足以稱得上是一趟壯闊的旅程。」

「那線索怎麼辦？」喬志提醒：「我們難道不用看看這裡是不是有下一個線索嗎？我的意思是，我們不就是為了拯救地球，免得它被毀滅才來的嗎？」

「嗯……」等待愛密特回應的艾瑞克看起來憂心忡忡：愛密特好像又消失不見了。「依我之見，那個送訊息給你們的人是為了要嚇唬我們。我不認為目前有任何力量巨大到足以摧毀整個行星。要毀掉整個地球所需的能量比我們已經產生的能量大太多了。那只是一個威脅，目的在於讓我們不要忽略那些訊息。」

「如果那些外星人的武力強大到超過我們的想像呢？」安妮打破沙鍋問到底：「你怎麼可以確定比我們高階的生物並不存在？這些訊息應該不是從一些微生物來的吧？」

「如果像妳說的，那麼，」艾瑞克回答：「我們就得試著找出答案了。」艾瑞克突然改變語調：「安妮，妳要不要坐下來休息一下？先不要說話，等到體力恢復再說。」

「可是我沒辦法不說話，」安妮滔滔不絕地說：「我喜歡講話。講話——還有足球——是我擅長的。我足球踢得很好。還有物理。我也有物理天分，不是嗎，爹地？」

「有有有，我知道，」艾瑞克安撫道：「可是妳的氧氣快用完了。妳就行行好，先乖乖聽爹地的話。我希望妳先不要說話，直到我知道我們哪時候要回家為止。」

喬志左右張望，仔細研究這個岩石衛星的深谷和山脈，企圖找出他們聽到的聲音是打從哪裡來。出乎意料地，他看到山谷的另一頭有個東西在動。

「看那邊！」喬志悄悄對安妮和艾瑞克說。

「有東西在動，」艾瑞克也看到了，他小聲問：「可是，那是什麼？」

他們無法從那團模模糊糊的影子看出個究竟，唯一可以確定的是，那團黑漆漆的影子愈靠愈近，正朝他們而來。

「喬志，**現在**馬上呼叫愛密特！」艾瑞克下令：「告訴他，我們看到外星人的影子了。我要他馬上打開宇宙之門，趕快把你和安妮送回地球。」

「愛密特……愛密特……」喬志呼叫愛密特：「拜託，愛密特……愛密特，我們需要你把我們送回去。」

　　巨蟹座55 A這顆黃矮星在山谷留下陰影。神祕的影子沿著山谷的陰影向他們而來。他們注意到影子中間有兩個像針孔一樣的紅色亮光，看起來很像一雙怒火中燒的眼睛。

　　「安妮，站到我後面來。有外星人靠近我們了。」艾瑞

克說。

安妮跳了起來，連忙躲到她爹地身後，偷偷看著。黑影愈靠愈近，它中間的紅光有種邪惡的怒意。隨著黑影一步步逼近，他們看到這東西形狀跟人類極為類似，穿著一身黑，腹部有一雙怒氣沖天的眼睛。

「退回去，」艾瑞克大聲喊叫：「不管你是何方神聖，休想再往前靠近一步。」

神祕客絲毫不理，繼續往前逼近。當他走出陰影，站在陽光下顯出真面目時，艾瑞克、安妮、喬志聽到呼叫器傳來那既熟悉又刺耳的嗓音：「艾瑞克，世界真小啊，我們又槓上了。」

第十六章

「天呀！是瑞普！」安妮和喬志異口同聲叫了出來。

站在眼前從頭到腳一身黑的神祕客不是別人，正是艾瑞克的死對頭：葛拉漢‧瑞普。瑞普曾經是艾瑞克最要好的朋友和同事，不過後來卻反目成仇。

不久之前，瑞普以在喬志的學校教書當幌子，暗中進行他的復仇計畫。瑞普不但企圖置艾瑞克於死地，把他騙到黑洞中，也把卡斯摩這臺威力無窮的電腦占為己有。可是，艾瑞克卻認為瑞普不該被懲罰。好心的艾瑞克放了瑞普一馬，讓他離開，不再追究。

看來，艾瑞克真的是大錯特錯。瑞普回來了，準備來個大復仇。在這個遙遠的月亮上，瑞普穿著一身黑，比安妮和喬志上次看到的時候還要恐怖上千倍。

瑞普不是獨自前來。他手上抱著一隻眼露紅色兇光的小

動物，小動物的爪子緊緊抓著瑞普閃亮的黑色太空手套。

「你們看！瑞普在這裡找到一隻毛茸茸的可愛小寵物！」安妮脫口而出，不由自主地往前靠近半步，但艾瑞克伸出手阻止她，不讓她再往前走。瑞普手上的動物顯得相當生氣，一副齜牙咧嘴的樣子，瑞普用一隻手拍拍牠的頭，以安撫的口氣對牠說：「布奇，乖。我們很快就會把他們擺平的。」

「瑞普，你別想動我們一根汗毛。」艾瑞克沒有任何讓步的意思。他身後的喬志也緊急呼叫著愛密特。

瑞普看著喬志，懶洋洋地問道：「後面那個小男孩就是上次毀了我計畫的人嗎？還有你女兒，真是可愛。他們都在這裡，真是天意呀！看來，我還真得謝謝你，感謝你把他們

都帶來了呢！」瑞普手上的動物發出一聲兇狠的嚎叫。

「瑞普，一切都是我們兩個人的恩怨，」艾瑞克說：「小孩子和這件事無關。別碰他們，放他們走。」

「放他們一條生路？」瑞普好像很認真地考慮這個提議：「布奇，你說呢？我們該讓這兩個小鬼頭離開嗎？」瑞普搔搔布奇的頭，布奇大聲在喉嚨低吼。瑞普對艾瑞克說：「問題是，這兩個孩子無處可去了，或者我應該這麼說，他們沒有可以離開這裡的方法了。我知道你正在向你的拜把兄弟卡斯摩求救，期待它讓你脫離險境。瞧你對卡斯摩有這般信心，真是感人肺腑。不過，我勸你別浪費力氣了，因為布奇會發射出強烈訊號，干擾卡斯摩。」

「什麼！布奇到底是什麼東西？」艾瑞克驚叫。

「親愛的小布奇是我的朋友。牠很可愛，不是嗎？牠比卡斯摩的功能強兩倍，但是體積卻小多了。事實上，你可以說布奇是奈米版的卡斯摩。我把它偽裝成寵物倉鼠的樣子。畢竟，誰會想到鼠籠裡是一臺超級電腦呢？」

「什麼？你造了一臺新版的卡斯摩？」

「不然，你以為我銷聲匿跡的這段時間都在幹嘛？」瑞普冷言冷語地回答：「你以為我會忘了過去發生的事？你以

為我會**原諒**你，凡事一筆勾消？」瑞普咬牙切齒地強調「原諒」這兩個字。「艾瑞克，原諒是像你這種幸運兒的字典裡才有的字。你得到所有想要的東西，原諒對你而言是件不費吹灰之力的事，你有如日中天的事業、幸福美滿的家庭和一臺超級電腦。一路上，你總是順遂如意——到目前為止。」

「瑞普，你為什麼要把我們帶來這裡？」艾瑞克問：「那些線索是你留下的，對不對？」

「沒錯，正是在下我。」瑞普嘆了一口氣：「唉，你終於猜到了，雖然花了一段不算短的時間。我已經發了好久的訊息給卡斯摩了，久到我開始認為你不會上鉤，落入我的陷阱。沒想到你的反應竟然這麼慢。在你開口之前，就讓我先招了吧！沒錯，是我動手腳讓荷馬失常。布奇干擾它，減弱它的威力，竄改它的程式。艾瑞克，你竟然都沒有找出荷馬的問題。唉，你真是讓我看走眼。艾瑞克，你實在是太不夠專業了。」

「不！這不是艾瑞克的錯，」喬志氣憤地往前站了出來，為艾瑞克抱不平：「是我們！線索是我們收到，是我們在後面跟隨著你的。」

「喔，這位小朋友有不同的意見，好個艾瑞克的翻版。

唉，一個新的門徒，真是夠了。」

「喬志，你往後站，」艾瑞克警告：「你不要放棄卡斯摩，繼續試。我不相信布奇那臺電腦有瑞普說的本領。」

瑞普發出刺耳的狂笑：「艾瑞克，你以為你很聰明，是嗎？想要找宇宙裡的生命跡象。不過，你沒有我高竿。我把你引到這裡，就是為了向你證明──你沒有我那麼聰明。」

「證明什麼？」艾瑞克嗤之以鼻反駁：「除了證明多年之前讓你遠離卡斯摩是明智之舉之外，你什麼都沒證明到。」

「說來慚愧，我的志向一直都沒有你崇高。」瑞普反諷地說：「你總想著要用科學知識造福人類。那麼，你為人類做了什麼，艾瑞克？你們尊貴的人類不是正在破壞這個自己居住的美麗地球嗎？你為什麼不幫助地球人加速達到他們的目的──乾脆摧毀地球以及住在地球上的白

癡，一切從頭來過？到一個新的行星另起爐灶？這就是為什麼我要把你引誘到這裡。你瞧瞧，我已經完成你的任務了。我找到一個生命可能發展的新世界了，一個智力生物可能可以蓬勃生長的地方，一個簡單生物可能已經存在的地方。」瑞普拿出一個裡面裝著液體的小玻璃瓶，說：「我找到**這個**了，生命的靈藥。」

「你根本不知道那只是清水罷了！你根本不知道那個是什麼。」艾瑞克說。

「不管這是什麼，我很清楚知道它是什麼。我比你先找到它。是**我**找到的，不是**你**。我找到新的地球了。我**擁有**它，而且我掌控使用它的權利。當地球轟隆一聲滅亡時，我將會掌管整個人類。」

當瑞普大放厥詞時，布奇的眼睛像燃燒的地獄之火，爪子興奮地到處亂扒。

艾瑞克搖搖頭，難過地說：「瑞普，你真是可悲。」

瑞普憤怒地吼了一聲，忿忿不平地說：「我才沒有輸！我是贏家！」

「不，你並沒有得到勝利。你不喜歡人類？你認為我們把地球搞得亂七八糟？所以，你寧願把所有的科學知識占為

己用，也不願意和其他人分享，或者，你想利用這些科學
知識藉機索取高價？這就是你輸得一敗塗地的原因。你讓自
己與任何良好、有益、有趣、美善的事物隔絕了。看看你一
手創造的新版卡斯摩，還真噁心，而且，我覺得布奇正在脫
皮。」

　　布奇一臉憤怒。火冒三丈的瑞普穿著他的太空靴前後晃
動。

　　艾瑞克身後的安妮用穿著太空手套的手指向喬志示意——倒數從五開始，五，四，三，二，一！數到一的時候，安妮和喬志奮不顧身地向前衝，頂著太空頭盔用力往瑞普的肚子猛撞。

　　安妮以迅雷不及掩耳的速度踢了瑞普的肚子一腳，喬志趁機抓走了布奇，趕快跑開。冷不防的攻擊讓瑞普失去平衡，整個人往後倒，像被倒轉身體的甲蟲似的，只能躺在地上呻吟。那罐裝著液體的小瓶子順勢飛出手，撞上石塊，裂個粉碎，裡面的液體也滲了出來。艾瑞克往前跑去，一隻腳用力踩著瑞普的胸膛。

　　「葛拉漢，這不是我們致力於科學研究的目的。我們把科學當成終身職志，是因為裡面引人入勝的奧祕，是因為我們要探索宇宙，找出其中的祕密。我們想要瞭解——去熟悉、去理解，為人類在尋求知識的路上，寫下一個全新的篇章。我們處在一個優良的傳統，以前人的研究結果為根基，讓我們能不斷往前進步，愈來愈瞭解我們所在的這個讓人嘆為觀止的宇宙，去明白我們為何在此，以及萬物的起源。葛拉漢，這才是我們應該做的事，我們藉由分享達到啟蒙，而不是藏私。我們解釋、教學、尋求。我們藉由新發現的

交流，幫助人類文明更上一層樓。我們要努力創造一個更美好的世界——不管我們是在哪個世界，而不是找到一個新行星，然後占地為王。」

瑞普似乎一句話也聽不進去，他嘶吼著：「把布奇還給我，牠是**我**的。你已經把卡斯摩偷走了，不要再把布奇奪走。沒有牠，我活不下去。」

「布奇只是一個工具，就像卡斯摩一樣。」

「不是這樣！你這樣說一點也不**公平**！因為你擁有卡斯摩，你當然可以這麼瀟灑地說！你甚至不需要卡斯摩！你可以瞭解整個宇宙，我卻辦不到！這就是我需要卡斯摩的原因！艾瑞克，你一直是個天才，你不像我，你不知道身為平庸之輩是什麼樣的感覺！」瑞普開始啜泣。

喬志試著抓住布奇，他對安妮說：「我不知道該怎麼把它關掉！」

「你必須像瑞普一樣，摸摸牠的頭，控制板一定在那裡。」

「不行，我一鬆手，牠一定會逃跑！讓妳來！」

「哦，好噁心！」安妮小心地往前一步，伸出一隻手指頭。她還來不及反應，已經被布奇咬了一口，安妮連忙把手抽回。幸好，這隻可怕的玩意兒沒有咬破太空手套，安妮依然身在太空衣的保護下。安妮又試著往前一次，一隻手在布奇面前晃動，布奇正目不轉睛瞪著那隻晃動的手時，安妮用另一隻手去摸布奇的頭。她用力地摩擦……

這時，愛密特的聲音再度出現。

「安妮！喬志！艾瑞克！我沒辦法把線路接通！」

「趕快打開宇宙之門，快點！我們要回去。」

愛密特的聲音聽起來方寸大亂：「卡斯摩的記憶體不足，它需要另一臺電腦和它連線，才能把你們弄回地球。」

「另一臺電腦！我們去哪裡找另一臺電腦？我們這衛星現在正環繞著一顆距離地球四十一光年的行星！在這個鳥不生蛋的地方，會有誰在賣電腦？」

喬志和安妮靈光乍現，異口同聲說：「布奇！」

第十七章

瑞普仍然在艾瑞克的腳下動彈不得。

「葛拉漢，」艾瑞克心急如焚地說：「我們需要你的幫忙。你一定要用布奇和卡斯摩連線，才能造出宇宙之門，讓我們回到地球。」

「把你們送回地球？你想得美？我不會幫你的。我的氧氣筒比你們大多了，當你們的氧氣耗盡時，我就可以把布奇搶回來。當你們在這裡坐困愁城時，我大可以拍拍屁股走人。我再回來的時候，你們就動也不動了。」

雖然清楚自己的氧氣所剩不多，安妮仍勇敢地挑戰瑞普：「為什麼你對每個人都充滿恨意？你為什麼想要摧毀所有的一切？」

「小女孩，妳問我為什麼會恨每一個人？」瑞普說：「因為每個人都恨我。事情就這麼簡單。自從我被『促進人類福祉科學協會』除名後，每一件事——每一件大大小小的事——都不對勁了。過去的那段日子，我好像行在死蔭的幽谷，現在，我終於可以翻身了。」

「不不不，事情不是這樣的，」喬志說。布奇不再掙扎，而是溫馴地依偎在喬志手裡，好像睡著似的，紅色的眼睛也不再充滿惡意，取而代之的是黃色的柔光。「你只是傷心愁苦罷了。如果你把我們留在這裡，不讓我們回家，你也得不到快樂。你做的這些事都不會讓你交到好朋友，也不會讓你變得比較聰明。你以後還是會孤孤單單一個人，和你的笨寵物倉鼠相依為命。」

布奇憤怒地嘶吼。

「布奇……冒犯到你，真是不好意思。」喬志幾乎愛上這個毛茸茸的小電腦。「總之，你知道要是違背了『科學家誓言』，會發生什麼事嗎？『科學家誓言』裡面清清楚楚地交代出後果。」

「哦，那個誓言，」瑞普恍惚地回答：「那是好久之前的事了。我老早就把那番胡言亂語忘得一乾二淨。裡面

寫些什麼來
著……？」

　　安妮正要
接口，喬志卻
要她別作聲：
「不，安妮，
保留妳的氧

氣。『科學家誓言』的內容是這樣的……」喬志把誓言覆誦

一遍。在第一次認識艾瑞克時，喬志就加入了「促進人類福

祉科學協會」，發了這個誓言。

　　「我發誓把科學知識用於增進人類福祉。

　　「我發誓在尋求啟蒙的路上，絕不傷害任何人。

　　「當我尋求知識以解決周遭奧祕時，我應勇敢、謹慎。

　　「我不用科學知識謀求個人利益，亦不將其中知識傳授

給意圖摧毀地球的人士。

　　「如果我違背誓言，永不得見宇宙的奧妙。

　　「你已經違背誓言了。這就是你事事不順的原因。」

　　「真的是這個原因嗎？」瑞普輕聲細語地說：「為什麼

我會打破誓言？你問過自己這個問題嗎？如果知道我會變得

269

一無所有，為什麼我還要這麼做？」

「我不知道。」安妮小小聲地說。

「妳為什麼不問問妳父親？」瑞普建議安妮。這時，艾瑞克已經把腳從瑞普的胸膛移走，轉過身去了。瑞普起了身，膝蓋仍跪在地上。

「爹地？爹地？」

「那是很久很久以前的事了。當年，我們都很年輕。」艾瑞克低語。

「究竟發生什麼事了？」安妮虛弱地說，開始覺得頭昏眼花。

「你就告訴她吧！」瑞普站了起來：「還是你要我來

說？這個結沒有解開，沒有一個人能離開這裡。」

「葛拉漢和我以前是同學，」艾瑞克妮妮道來：「我們大學的指導教授是當代最偉大的宇宙論學者，他想要知道宇宙的起源。於是，教授、葛拉漢和我三人攜手建造卡斯摩。當時的卡斯摩和今天的卡斯摩是截然不同的樣子。當時的卡斯摩體積很龐大，占據了整個學校大樓的地下室。」

「繼續下去，」瑞普命令：「否則我們沒有一個人可以活著離開。」

「我們這群使用卡斯摩、和卡斯摩合作的人，成立了『科學協會』最早期的分部。我們心裡再明白也不過了：卡斯摩是個威力無窮的工具，必須小心使用。葛拉漢也發了誓

言。起初我們兩個合作相當愉快，可是，葛拉漢的行蹤開始變得很詭異——」

「我沒有！」瑞普怒氣沖沖地抗議：「事實不是這樣的！你不要我落單，所以不管我走到哪，你都跟到哪。你總是要偷看我的研究結果，抄襲後成為你自己的成果。你想要出版我的研究結果，一手把功勞攬下。」

「不，葛拉漢，我沒有。我要和你一**起**合作，可是你不願意讓我插手。大家都知道你把自己的研究結果藏起來，不讓其他的人知道。我們開始發現你變得鬼鬼祟祟，所以教授要我注意你。」

「哦？」瑞普顯得相當詫異：「我倒不知道這回事。」

「這就是為什麼我那天晚上會跟蹤你——你獨自使用卡斯摩的那一晚。我們有一條規定，沒有人可以單獨操作卡斯摩。可是，葛拉漢犯規了。他自己跑進去學校裡，然後被我逮個正著。」

「他想要幹什麼？」喬志問。

「他想要用卡斯摩觀看宇宙誕生時的大霹靂。可是這件事非常危險，因為我們不知道觀看這種強烈爆炸會導致怎麼樣的後果——就算是藉由卡斯摩的宇宙之門。我們曾經討論過這個提議，可是，我們的教授不允許我們這麼做。除非我們對早期的宇宙——以及卡斯摩，有更多認識，否則我們不可以利用卡斯摩研究大霹靂。」

「傻瓜！」瑞普以顫抖的聲音說：「你們這群傻瓜！我們本來可以找到一切知識的基礎！我們本來可以看到宇宙是怎麼創造的！但你們都太膽小了。我只好自己偷偷嘗試。這是唯一的方法。我必須知道萬事萬物最初之時發生什麼事。」

「這件事的風險太大了。別忘了，我們發誓在尋求啟蒙的過程不會傷害任何人。可是，我猜這正是你在做的事——目睹最初的那幾秒。我跟蹤你的那個晚上……」

第十八章

　　那天是個冷颼颼的夜晚，在艾瑞克和葛拉漢唸書的那個古老大學城裡，冷冽的空氣伴著冰霜，連最厚重的大衣都沒辦法抵擋刺骨的寒風。在他們住的那個學院內，房間外是一座庭院，歷經了好幾個世紀的風霜，庭院上鋪的石板顯得相當老舊。那天晚上，庭院一片寂靜，皎潔的月光從天鵝絨般的夜空灑下，把翠綠的草地化為深藍色。這時，十一點的鐘聲響起，艾瑞克從前門進入學院。學院的城牆高聳直立，彷彿艾瑞克進去的是一座城堡，而非學校。

　　「晚安，貝禮司博士。」當艾瑞克穿過前門拿取郵件時，一位戴著英式圓頂硬禮帽的管理員跟艾瑞克打招呼。艾瑞克站著翻閱信件分類架上的信件，這時，他注意到管理員正在看他。艾瑞克擡起頭，跟他相視而笑。「好久都沒有看到您在院內用餐了，貝禮司博士。」在這所歷史悠久的大學

裡，研究員享有使用銀製餐具、在櫟木裝潢牆面的餐廳享用晚餐的權利，餐廳四周的牆上掛滿了過去數百年頂尖學者的肖像。

「嗯，最近比較忙。」艾瑞克回答了管理員後，把郵件塞進他那老舊的公事包，拉緊脖子上的圍巾，把自己裹得更緊了。學院內總是冷得讓人直打哆嗦，有時候，學院內甚至比街上還冷，更慘的是，他的房間冷得像冰窖。冬天的時候，艾瑞克的圍巾幾乎不曾從脖子上拿下來過。睡覺時，他也總得在睡衣外穿上粗花呢外套，腳上套上兩雙襪子，頭頂戴上羊毛帽。

「最近也好一陣子沒有看到瑞普博士了。」管理員說，

意味深長地看了艾瑞克一眼。艾瑞克提醒自己，管理員是消息最靈通的人，周遭發生的大小瑣事，他無所不知。為了密切注意瑞普的行蹤——很明顯地，瑞普想趁著艾瑞克不注意時把他甩掉——所以，艾瑞克最近比較少待在學院內。

「瑞普博士今天有回來嗎？」艾瑞克隨口問。

「有，他今天晚上有回來。」管理員鄭重強調：「很不尋常的是，他似乎對於你是否應該知道這件事，表現得很熱中。貝禮司博士，事情有不太對勁的地方嗎？」

艾瑞克覺得累壞了，他摘下眼鏡，揉揉雙眼。這陣子，他不但要注意瑞普的行蹤，又要忙於手上的工作，兩件事湊在一起，把他攪得精疲力竭。

「沒什麼要大驚小怪的。」艾瑞克斬釘截鐵地說。

「你也知道，這種事我們之前就看多了，」管理員暗示著：「一開始是朋友，後來，彼此較勁的情形出現了。結局總是不太好。」

艾瑞克嘆了一口氣：「謝謝你的提醒。」語畢，他穿過大庭院，慢條斯理地爬上木頭階梯，回到自己的房

間。他開了暖氣，走到窗邊。

在庭院的另一邊，艾瑞克看到瑞普房間的燈還亮著。他心想，他今晚是否可以一覺到天亮，還是得每小時驚醒，擔心瑞普獨自離開學院。正當艾瑞克拉上窗簾，坐在扶手座椅上時，房間內的燈忽然熄滅了，四周頓時陷入一片漆黑。艾瑞克在椅子上坐了好幾分鐘，考慮他是否該到溫度已降到零度以下的浴室刷牙。他起身，直覺地往窗簾的縫隙看去，恰巧瞥見一個黑色人影躡手躡腳地穿越庭院，在月光下留下一個長長的身影。

艾瑞克拖著一身的疲憊，批上一件粗花呢外套，離開了房間，小心翼翼跟蹤著摸黑溜出學院的瑞普。

艾瑞克不用緊跟在瑞普身後，也知道瑞普要往哪裡去，不過，艾瑞克仍然不敢大意，以免瑞普造成過多的傷害。腳踏車上的把手早已結了一層霜，艾瑞克盡量放慢速度，有驚無險地在結冰的路面騎著腳踏車。當他到達學校的大樓時，接觸到冷空氣的手指頭已經凍得發紫，幾乎失去知覺而不能靈活轉動了。艾瑞克對著手指猛呼熱氣，掏出鑰匙，進入了那棟放置卡斯摩的大樓。

「你看到什麼了？」喬志忍不住插嘴，急著想知道瑞普

幹了什麼好事。

「他看到我了，」瑞普接口：「就在知識歷史上，最偉大的發現即將揭曉的邊緣！接著，他把事情搞砸了！從此之後把一切過錯算到我頭上。」

艾瑞克的疑慮是正確的。當他下了樓梯，來到存放卡斯摩的地下室，他看到瑞普企圖使用電腦觀看宇宙誕生的大霹靂。宇宙之門的入口已經在那裡了，但門還沒有開啟。

「我必須阻止他，」艾瑞克說：「宇宙開始的狀態太極端了——熱得連氫原子都不能形成！情況可能會非常危險。我無法擔保宇宙之門另一邊的狀況，只能阻止葛拉漢把宇宙之門打開。」

「難道你不會想看嗎？」喬志急著想要知道：「難道不能只偷看一眼就好？可以從很遠很遠的地方看嗎？」

「你不能從遠處觀察大霹靂，」艾瑞克回答：「因為大

霹靂在每個地方發生。葛拉漢當時應該透過大的紅位移來觀測大霹靂。」

「紅位移！」喬志驚叫：「就是上次在你的派對上出現的東西嗎？」

「正是！緊接著大霹靂發射出來的輻射抵達地球後，會變得比較紅，威力也會變得比較弱。」艾瑞克解釋。

「你說的正是我打算做的！」瑞普大聲說：「當時如果你肯問我，而不是衝進門把我整個人撂倒，我就會把整個計畫明明白白告訴你！」

「啊，」艾瑞克緩緩地說。事實上，艾瑞克沒有給瑞普任何解釋的機會。艾瑞克破門而入，撲上站在宇宙之門入口附近的瑞普，經過一番搏鬥，艾瑞克原本打算用空出來的那隻手按下卡斯摩的鍵盤，把宇宙之門的入口關上。可是瑞普掙脫了艾瑞克，跑到宇宙之門那裡。可憐的瑞普，他萬萬沒想到艾瑞克情急之下所按的鍵是一道指令——把宇宙之門出口的位置移到一個截然不同的地點。

瑞普打開宇宙之門後，發現自己正直視著太陽的強光，雖然他有用手遮住眼睛，可是他已經嚴重灼傷了。痛得大叫的瑞普趕緊退回，艾瑞克則用卡斯摩把門關上。

艾瑞克試著想幫助瑞普，可是瑞普拖著蹣跚的腳步，一個人離開了，消失在夜色裡。瑞普似乎在當晚就離開這個大學城。艾瑞克覺得他已經無計可施了，只好要求他的大學指導教授，把瑞普從科學協會裡除名。

「你毀了我，」瑞普忿忿不平地說：「你，艾瑞克，奪走我所有的一切，讓我一無所有。那天晚上當你逮到我私自使用卡斯摩的時候，我覺得相當難堪。當時我痛到神智不清，不知道自己究竟在幹什麼。我蹣跚地走到路上，跑著離開，盡可能地跑，愈遠愈好。我那時候一定昏倒了，因為當我醒過來的時候，我是在醫院裡，雙眼被太陽的強光刺得半瞎，雙手重度灼傷。剛開始，我甚至想不起來我是誰。等到記憶逐漸恢復，我堅持離開醫院，要回到學校，為我的所作所為致上歉意。沒想到，當我回到學校時，我發現自己竟然被除名了，完全沒有解釋

的餘地。就像你現在看到的，我從此之後再也無法進入學術的殿堂。」

「我當時是想要保護你。」艾瑞克憤慨地說。

「保護我什麼？」瑞普生氣地質疑。

「保護你自己！」

「看來並沒有奏效，不是嗎？」頭昏眼花的安妮說：

「我的意思是說，爹地，你必須承認，即使他不應該私自使用卡斯摩——我們所有的人也不該這麼做。瑞普博士，或許你覺得你自己和別人不同，有權利這麼做——爹地，你讓瑞普意外受傷、你沒有給他改過自新的機會，而且，你也結束了他在科學這個領域的事業。」

「他罪有應得！他明明知道規定。」艾瑞克說。

「嗯，這麼說不盡然公平，」安妮嘀咕：「我是說，他沒有去看大霹靂，不是嗎？畢竟，他的的確確想要試著根據你的建議去觀察大霹靂，可是你並沒有花時間去瞭解他的想法！是**你**更換宇宙之門出口的地點，這是一件極度危險的事。所以，就改變出口這件事而言，你也有錯。」

「我的錯？」艾瑞克訝異地問。

「沒錯，聽起來是個大錯。還有，如果你在最剛開始的

時候先道歉，我們現在也不會落到這個下場。」安妮說。

「道歉？」艾瑞克不可置信地問：「妳要**我**跟**他**道歉？」

「沒錯。」安妮以最堅決的語氣表示：「我要你跟他說對不起，而且，瑞普也要跟你道歉，不是嗎？如此一來，情況將會好轉，然後，或許我們就可以回地球了。」

艾瑞克含糊地在嘴裡唸唸有詞。

「我們沒有聽到。」喬志說。

「好吧，好吧。」艾瑞克惱羞成怒地說：「瑞普——不，我是說葛拉漢，我……我很……」

「勇敢說出來，」安妮警告：「而且，語氣要好一點。」

「我很……抱、抱、抱、」艾瑞克勉強從嘴裡吐出這幾個字：「我很抱、抱、抱、」艾瑞克似乎被最後一個字卡住了。

「你說什麼？你究竟要說什麼？」瑞普問。

「我很抱——」

「艾瑞克，你要快一點！」喬志低聲提醒：「安妮必須盡快離開這裡。」

「葛拉漢，」艾瑞克果斷地說：「葛拉漢，我很——抱歉。對於發生在你身上的不幸事件，我感到很遺憾，我也很抱歉我對你造成的傷害。很抱歉沒有給你解釋的機會就把你驅逐。我為自己倉促的行為感到抱歉。」

「我知道了，」瑞普聽起來相當困惑：「當你道了歉，我反而不知道接下來該怎麼辦。」

「是的，我很對不起你。」艾瑞克一鼓作氣地說：「你曾經是我最要好的朋友和同事。如果我們能攜手合作，我們一定可以成為了不起的科學家。若非你堅持要把所有的研究發現占為己有，我們可以在科學上有一番貢獻。你知道嗎，葛拉漢，那天晚上，你並不是唯一受傷的人。長久以來，我一直想到你——至少，我想念著那個以前的你，那個沒有處處與我為敵的你。因為那天晚上發生的慘劇，從那天起，我帶著罪惡感度日。你不是唯一的受害者，我的日子也不好過。所以，別再自憐，一直活在過去的陰影。趁著現在還能呼吸的時候，趕快把我們從這個地方弄走，帶我們回家吧。」

「我曾經喪失你這個朋友。」瑞普難過地表示：「我也失去了科學。仇恨和復仇成了支撐我繼續活下去的力量。但現在你不再是我的仇人，我什麼都不剩了。」

「真傻。艾瑞克都已經道歉了，他說對不起了。難道你不覺得你也應該說些什麼回應他嗎？」喬志說。

「你說的對，就這個狀況而言，艾瑞克·貝禮司，我接受你的道歉。」瑞普靜靜地說，並向艾瑞克微微鞠躬。

「換你了。」安妮輕聲細語暗示。

「換我幹什麼？」瑞普驚叫。

「換你道歉呀。事情就是這麼辦。爹地已經說對不起了。現在，你也要說對不起。」

「為什麼？」瑞普的聲音聽起來不像在裝蒜。

「喔，我不知道⋯⋯」喬志插嘴：「偷了卡斯摩、把艾瑞克丟進黑洞裡、讓我們大老遠飛越宇宙，只是因為你說如果我們沒有干涉，你會把地球摧毀。不知道耶──隨便選一個你最喜歡的理由，為它說抱歉。」

艾瑞克低聲吼叫：「葛拉漢，你快一點，別拖拖拉拉的。」

「別再說了，」瑞普迅速回答：「我也感到抱歉。我希

望我過去不是個罪不可赦的壞蛋、
我很希望自己沒有浪費過去那些時
間、我希望自己能重新回到科學的
領域——對人類有益的科學……」
瑞普帶著沉思以及期待的口氣結
束。

　　「你聽好了，葛拉漢，」艾瑞
克緊急地說：「你要回到科學的領域——沒有問題。你要我
相信你從此之後會重新做人——那也沒有問題。只是，趕快
動手吧！趁著我的女兒和喬志把氧氣用光之前，把他們送回
地球。如果他們有什麼三長兩短，我可以向你保證，我永遠
都不會原諒你。到時候，不管你躲到天涯海角，我勢必會找
到你。」

　　「你說真的？我真的可以回到科學領域？」瑞普問。

　　「先把我們送回地球。我們以後再談。」艾瑞克說。

　　「喬志，你需要再拍打布奇的頭。你讓牠進入睡眠模
式了。現在你必須叫醒牠。」喬志輕輕撥弄著布奇頭上的
毛，倉鼠開始在他手裡騷動起來。「布奇，」瑞普下令道：
「我要你和地球上的一臺電腦連線——那臺我命令你封鎖的

電腦，你要和它合作，造出一道宇宙之門，把我們所有人都帶回地球。」

正當喬志呼叫愛密特的時候，倉鼠完全清醒了。

「愛密特和奶奶，」喬志說：「把宇宙之門準備好。我們已經找到另一臺電腦了。我們要卡斯摩和這臺超級電腦合作，創造一個足以把所有人都帶回地球的宇宙之門。」

「你找到另一臺電腦？在哪裡？你們那邊到底發生了什麼事了？」愛密特驚訝地說。

「這裡沒什麼事。宇宙尋寶最後的線索要把我們帶回我們來的地方。準備好囉——我們要回家了。通話完畢。」

布奇坐起身，從眼睛射出兩束光，像卡斯摩一樣創造出一道宇宙之門。當宇宙之門還沒完全成形時，喬志趁機問了一個最後的問題：「瑞普，在訊息的最後，你說如果我們沒有根據指示行動，地球會被毀滅。你是認真的嗎？你真的有辦法把整個地球毀掉？」

「別鬧了！」艾瑞克說。他扶著安妮，盡可能靠近宇宙之門，以便在入口開啟時可以馬上把安妮推進去。「葛拉漢沒有摧毀地球的能力。需要大到無法想像的爆炸才能毀掉地球。他只不過是虛張聲勢罷了，不是嗎，葛拉漢？」

瑞普玩弄著他的太空手套，不發一言。

「不是嗎？」艾瑞克不死心地確認一次。

「詭異的是，真的可能發生。不過，如果事情發生了，那將不會是我的錯。這只是我在旅行中聽來的……」瑞普說。

這時，布奇的眼睛發出光芒，宇宙之門的入口打開了，這一票人因此回到無塵室，回到全球太空局，回到美國，再度回到地球。

這一回，布奇的眼睛不再是黃色的，而是藍綠的大理石色，其中混著白色的斑點。布奇的眼裡反射出宇宙中最美麗的行星——不會太熱，也不會太冷，地表有液態水，重力對人類剛好適中，空氣恰好適合呼吸，裡面有山川、沙漠、海洋、島嶼、森林、

鳥類、植物、動物、昆蟲以及人類——許許多多的人。

生命存在之處。

而且，有些生命可能很聰明。

尾曲

　　「祝大家長命百歲，萬事昌隆！」愛密特用他招牌的瓦肯人祝頌手勢，向大家道別。愛密特的假期也接近尾聲了，他鑽進他爹地的車，準備回家。愛密特跟他爹地簡直是同一個模子刻出來的，只差愛密特老爹比較高些。愛密特老爹咧著嘴，開心地笑著，空出一隻握方向盤的手，用同樣的祝頌手勢向大家致敬。

　　安妮和她的爹地媽咪，喬志和奶奶，一行人都站在門廊揮手道別。

　　「明年暑假見！」喬志大喊，用手勢回禮。

　　「愛密特，你真是棒透了！別忘了我們喔！」安妮一邊說，一邊揮手。

　　「你們早就牢牢裝在我的記憶體裡，」愛密特說，繫上了安全帶：「永永遠遠！這是我有史以來最棒的暑假。我會

想念你們的。」愛密特用力吸氣，然後以可憐兮兮的語氣說：「爹地，我好不容易交到一些朋友，現在，我又將失去他們了！」

「不會啦！」安妮大喊：「我會用電子郵寄一直煩你！喬志也會這麼做的！」

「愛密特，如果有機會，也許你的朋友可以到我們家住住？」愛密特老爹說：「如果有你的朋友到我們家來玩，你媽咪鐵定會很高興的。」

「或者，我可以到英格蘭！」愛密特期待地說：「安妮也可以過去，我們可以在那邊和喬志會合。我們可以去看看那邊的大學開了哪些課？他們有些課程超酷的。」

艾瑞克走到車窗，對愛密特說：「幹得好，愛密特。你

幫了我一個大忙,讓我們反敗為勝。」

「什麼忙?」愛密特老爹不解地問:「你這陣子在忙些什麼?」

「我們在玩遊戲。」愛密特說。

「你贏了嗎?」愛密特老爹問。

「沒有真正的贏家或輸家,」愛密特試著解釋:「我們全都晉升到另一個層次了。」

愛密特老爹發動車子。「謝謝你了,艾瑞克。我不知道你對我兒子做了什麼,但是,看來魔法似乎在他身上奏效了。」

「爹地,不是魔法。」愛密特帶著嫌惡的語氣回答:「是科學!還有朋友。是這兩個東西的總和。」

梅婆揮著枴杖,大聲地說:「咱們在人類的終極邊疆見囉,愛密特。」

車子揚長而去,所有的人紛紛回到屋內。這時,艾瑞克的呼叫器響了,是火星科學實驗室捎來的消息。艾瑞克看了

消息後，臉上露出大大的笑容。

「是有關荷馬的消息！它又能正常運轉了！它已經找到火星上有水存在的觀測證據了。不久之後，我們相信它也會送回化學證據。」

「那是什麼意思？」喬志問。

「就是說，我們要來個派對，好好慶祝一番。」艾瑞克毫不猶豫地回答。

「你會邀請瑞普嗎？我打賭他已經好久好久沒參加派對了。」喬志問。

在卡斯摩和布奇的合作下，他們平安從巨蟹座55回來。自從回到地球後，艾瑞克和瑞普花了不少時間聊天。喬志、愛密特和安妮打算從樹上偷聽，可是，他們幾乎聽不到這兩位同事的悄悄話。唯一可以確定的是，他們聊得很開心，一切歡喜收場。瑞普離開時還跟每個人微笑呢。艾瑞克幫瑞普在某個機構裡找到一個地方，讓他可以專心在那裡做研究。那個地方環境很好，也很安靜，應該可以讓瑞普趕上錯過的進度，讓他重新回到科學領域。

瑞普把布奇留給艾瑞克了。艾瑞克將對卡斯摩和布奇來個全面的系統大檢查，看看這兩臺超級電腦是否可以連結

在一起。現在，卡斯摩和布奇被艾瑞克分解得支離破碎，看來，宇宙冒險的活動將會停擺一陣子了。

收到別處有生命跡象消息的，不是只有艾瑞克而已——屋內的電話響起，蘇珊接了電話後，把話筒遞給喬志。電話是喬志的老爸老媽從南太平洋打來的。

衛星已經偵測到喬志老爸的行蹤，派出去的救難隊也把喬志老爸帶回來了。喬志老爸安然無恙地回到母艦，和喬志老媽團聚。

「喬志！我們一切平安。」喬志老媽在電話裡的聲音聽起來虛弱而破碎：「我們很快就會看到你和奶奶了，我們會經由佛羅里達回去。還有——」她停頓了一下，彷彿在考慮究竟該不該繼續說，接著，她匆匆忙忙地說：「我們有個好消息要讓你知道！原本我們打算看到你的時候再跟你說，可是我實在等不及了。你將會有一個弟弟或妹妹了！你不覺得很棒嗎？我的意思是說，你不會再孤伶伶一個人了。你開不開心呀？」

聽到這個消息，喬志大吃一驚。他們花了這麼多時間在宇宙裡尋找生命的跡象，萬萬沒想到，在他們繞了這麼一大圈後，就在喬志家裡，有一個全新的生命正在開始。

「兩天後見囉！」喬志老媽說。

「哇！我媽媽肚子裡面有小寶貝了。」喬志掛上電話後，跟大家報告這個消息。

「啊，真是可愛呦。」安妮笑嘻嘻地說。

「哼，」喬志回答。他心想，如果這件事發生在安妮身上，不知道她會有什麼反應。

「不，真是太酷了！」安妮看到喬志臉上的表情，馬上改口：「我們會有新成員加入我們的冒險了！」

「你們千千萬萬不能再去太空了，」艾瑞克帶著一副沒得商量的口氣說：「安妮，小嬰兒不准到外太空。這是規定。事實上，連小孩都不准。」

「可是爹地，你要我們怎麼辦？我們會無聊到發慌！」

「安妮‧貝禮司，妳忘了上學這件事嗎？妳絕對沒有時間去抱怨沒有事情可做的。」

「呃！」安妮扮了個鬼臉。「難道我不可以去英格蘭，和喬志住在一起嗎？」

「嗯，既然妳提起了，我就藉這個機會解釋。我正打算帶妳回英格蘭。既然荷馬能正常運作，而且它也找到火星上的水，現在或許是個機會，讓我參與一個在瑞士的實驗。我們一家人可以搬回英格蘭，從那裡參與工作也容易得多。」

「耶，好棒喔！」安妮和喬志歡欣鼓舞地慶祝。這下子，他們不用再分開了。

兩個人走到陽臺，不知道在解決了所有的挑戰，愛密特也離開後，他們兩個還有什麼可以做。

喬志拿起放在花園桌上的《勇闖宇宙使用說明書》，若有所思地問艾瑞克：「艾瑞克，有一件事我一直要問你，可是一直沒有機會。」

「什麼事？你說吧。」

「當我們在那邊時，」喬志壓低他的嗓音：「瑞普說你瞭解宇宙。是真的嗎？」

「嗯，是的，」艾瑞克謙虛地說：「我的確瞭解宇宙。」

「你怎麼辦到的？該怎麼做？」喬志問。

艾瑞克微微笑，對喬志說：「喬志，翻到《勇闖宇宙使用說明書》最後幾頁。答案將在那裡揭曉。」

要怎麼了解宇宙

宇宙由科學定律所支配。這些定律決定了宇宙是如何開始，以及如何隨著時間而演進。科學的目的就是發現這些定律，並找出它們背後所代表的意義。沒有任何尋寶遊戲能比科學更加刺激，因為它的目標是了解整個宇宙和宇宙中的一切事物。我們尚未發掘出所有的定律，所以遊戲還在進行中。但是我們知道在許多極端的條件下，它會表現出什麼樣的行為。

所有的定律當中，用來描述作用力的定律是最重要的。

目前為止我們已經發現了四種作用力：

1）電磁作用力

電磁作用力會把原子綁在一起，同時還支配了光線、無線電波，以及電腦與電視等電子裝置。

2）弱作用力

弱作用力和放射性有關，它在太陽的動力來源，以及星球內部和早期宇宙的（化學）元素形成上，扮演了重要的角色。

3）強作用力

強作用力會讓原子中的核子（質子或中子）聚在一起，是核子武器與太陽能量的源頭。

4）重力

重力是這四種作用力中最弱的，但是它讓我們能夠待在地球上、讓地球和其它的行星繞著太陽運轉，也讓太陽繞著銀河系的中心運轉。

這些作用力可以分別用不同的定律來描述，但是科學家相信宇宙應該只有一把鑰匙，而不是四把。把作用力區分成四種是不自然的，有一天我們應該可以藉由單一理論來描述這四種作用力。目前我們已經成功地把電磁作用力和弱作用力結合在一起。或許還可以再把強作用力和前兩種作用力結合在一起。但是要把這三種作用力和重力結合在一起則會非常困難，因為重力會造成空間和時間的扭曲。

無論如何，我們目前已經有個強而有力的候選理論，能夠把所有的作用力都含括進來，那可能會是了解宇宙的關鍵。這個理論叫 M 理論。我們還沒有完全研究出 M 理論，這也是為什麼有人認為 M 理論的「M」其實是代表「謎」（Mystery）。如果我們真的成功了，將能夠了解宇宙從大霹靂一直到遙遠未來的完整面貌。

艾瑞克

知識小短文目錄

本書的冒險故事含有許多科學知識，此外書中還有一些特定主題的獨立小短文，提供你相關的事實與資訊。某些讀者可能會想再回去參考這些段落。

知識叢書 1034

勇闖宇宙二部曲——太空尋寶之旅
George's Cosmic Treasure Hunt

作者	露西・霍金（Lucy Hawking）、史蒂芬・霍金（Stephen Hawking）
插畫	蓋瑞・帕爾森（Garry Parsons）
譯者	張虹麗、顏誠廷
封面繪圖	BO2
主編	莊瑞琳
編輯	吳崢鴻
美術編輯	張瑜卿
執行企畫	曾秉常

董事長	趙政岷
出版者	時報文化出版企業股份有限公司
	台北市108019和平西路三段二四〇號四樓
發行專線	(02) 2306-6842
讀者服務專線	0800-231-705　(02) 2304-7103
讀者服務傳真	(02) 2304-6858
郵撥	19344724 時報文化出版公司
信箱	10899臺北華江橋郵局第九九信箱
時報悅讀網	http://www.readingtimes.com.tw
電子郵件信箱	history@readingtimes.com.tw
法律顧問	理律法律事務所　陳長文律師、李念祖律師
印刷	勁達印刷有限公司
初版一刷	2009年7月20日
初版十刷	2021年10月27日
定價	350元

（缺頁或破損的書，請寄回更換）

時報文化出版公司成立於一九七五年，
並於一九九九年股票上櫃公開發行，於二〇〇八年脫離中時集團非屬旺中，
以「尊重智慧與創意的文化事業」為信念。

ISBN: 978-957-13-5070-7
Printed in Taiwan

勇闖宇宙二部曲——太空尋寶之旅 / 露西‧霍
金（Lucy Hawking）、史蒂芬‧霍金（Stephen
Hawking）著；張虹麗, 顏誠廷譯. -- 初版. --
臺北市：時報文化，2009.07
　　面；　公分 . --（知識叢書；1034）
　　譯自：George's cosmic treasure hunt
　　ISBN 978-957-13-5070-7（平裝）

873.59　　　　　　　　　　　98011722